Tucholsky   Wagner   Zola   Scott   Sydow   Freud   Schlegel
Turgenev   Wallace   Fonatne

Twain   Walther von der Vogelweide   Fouqué   Friedrich II. von Preußen
Weber   Freiligrath   Frey

Fechner   Fichte   Weiße Rose   von Fallersleben   Kant   Ernst   Richthofen   Frommel

Hölderlin

Fehrs   Engels   Fielding   Eichendorff   Tacitus   Dumas
Faber   Flaubert

Feuerbach   Maximilian I. von Habsburg   Fock   Eliasberg   Zweig   Ebner Eschenbach
Ewald   Eliot   Vergil

Goethe   Elisabeth von Österreich   London

Mendelssohn   Balzac   Shakespeare   Dostojewski   Ganghofer
Trackl   Lichtenberg   Rathenau   Doyle   Gjellerup
Mommsen   Stevenson   Tolstoi   Hambruch
Thoma   Lenz   Hanrieder   Droste-Hülshoff

Dach   Verne   von Arnim   Hägele   Hauff   Humboldt
Karrillon   Reuter   Rousseau   Hagen   Hauptmann   Gautier
Garschin

Damaschke   Defoe   Hebbel   Baudelaire
Descartes

Wolfram von Eschenbach   Dickens   Schopenhauer   Hegel   Kussmaul   Herder
Bronner   Darwin   Melville   Grimm   Jerome   Rilke   George
Campe   Horváth   Aristoteles   Bebel   Proust

Bismarck   Vigny   Voltaire   Federer   Herodot
Gengenbach   Barlach   Heine

Storm   Casanova   Tersteegen   Gilm   Grillparzer   Georgy
Chamberlain   Lessing   Langbein   Gryphius

Brentano   Lafontaine
Strachwitz   Claudius   Schiller   Kralik   Iffland   Sokrates
Bellamy   Schilling

Katharina II. von Rußland   Gerstäcker   Raabe   Gibbon   Tschechow

Löns   Hesse   Hoffmann   Gogol   Wilde   Gleim   Vulpius
Luther   Heym   Hofmannsthal   Klee   Hölty   Morgenstern
Roth   Heyse   Klopstock   Goedicke
Luxemburg   Puschkin   Homer   Kleist
La Roche   Horaz   Mörike   Musil
Machiavelli

Navarra   Aurel   Musset   Kierkegaard   Kraft   Kraus
Lamprecht   Kind   Kirchhoff   Hugo   Moltke
Nestroy   Marie de France

Nietzsche   Nansen   Laotse   Ipsen   Liebknecht
Marx   Lassalle   Gorki   Klett   Ringelnatz
von Ossietzky   Leibniz
May   vom Stein   Lawrence   Irving

Petalozzi   Knigge
Platon   Pückler   Michelangelo   Kock   Kafka
Sachs   Poe   Liebermann   Korolenko

de Sade   Praetorius   Mistral   Zetkin

Der Verlag tradition aus Hamburg veröffentlicht in der Reihe **TRADITION CLASSICS**
Werke aus mehr als zwei Jahrtausenden. Diese waren zu einem Großteil vergriffen
oder nur noch antiquarisch erhältlich.

Symbolfigur für **TRADITION CLASSICS** ist Johannes Gutenberg (1400 — 1468),
der Erfinder des Buchdrucks mit Metalllettern und der Druckerpresse.

Mit der Buchreihe **TRADITION CLASSICS** verfolgt tradition das Ziel, tausende
Klassiker der Weltliteratur verschiedener Sprachen wieder als gedruckte Bücher
aufzulegen – und das weltweit!

Die Buchreihe dient zur Bewahrung der Literatur und Förderung der Kultur.
Sie trägt so dazu bei, dass viele tausend Werke nicht in Vergessenheit geraten.

Unverbesserlich

Erzählung (1910)

Marie Freifrau von Ebner-Eschenbach

Impressum

Autor: Marie Freifrau von Ebner-Eschenbach
Umschlagkonzept: toepferschumann, Berlin

Verlag: tradition GmbH, Hamburg
ISBN: 978-3-8424-0706-0
Printed in Germany

Marie von Ebner-Eschenbach

Unverbesserlich

Erzählung (1910)

Sie waren Zwillingsgeschwister, Fräulein Monika und Pfarrer Emanuel, hatten jüngst ihr sechzigstes Jahr erreicht und gehörten zur kleinen Gemeinde der einsamen Menschen. Was verliebt sein heißt, hatte Monika nie erfahren, obwohl sie einstens sehr nahe daran war, sich zu verheiraten. Aber nur aus Hochachtung. Was in ihrem Bruder vorgegangen, ob er Kämpfe zu bestehen gehabt hatte, ob die Entsagung ihm so leicht geworden wie ihr, davon wußte sie nichts. Nur einmal, als sie etwas gedankenlos sich und ihn als Muster einer lautersten Lebensführung hinstellte, sprach er lächelnd:

«Vielleicht die Folge einer Mangelhaftigkeit unserer Naturen. Es kommt vor. Cicero soll nie geliebt haben.»

Die Ähnlichkeit zwischen den beiden war eine sogar bei Zwillingen auffallende. Sie waren groß und hager, hatten feine Gesichter von durchsichtiger Blässe mit Adlernasen und schmalen, geraden Lippen, die nie geküßt und nie ein gemeines Wort gesprochen hatten. Ihre Haare blieben noch im Alter reich und bewahrten ihr mattes altgoldfarbiges Blond, so wie die Augen ihr helles Himmelblau. Aus denen Monikas blitzten oft schon bei geringem Anlaß Zornesfunken hervor, oder es sprach aus ihnen aus bloßer Freude am Dasein in Gottes schöner Welt eine Heiterkeit, die äußerst erquickend wirkte.

Emanuel hingegen war immer im Gleichgewicht, war des Zornes unfähig, sogar des – und darüber machte er sich Vorwürfe -, sogar des heiligen Zornes. Er liebte seinen Beruf, seine Gemeinde, seine gelehrten theologischen Studien und die Klassiker, besonders die alten, und haßte, so gut er hassen konnte, die Politik. «Denn», meinte er, «in der Politik können die Leute das Niederträchtige tun, ohne sich für niederträchtig zu halten und ohne dafür zu gelten.»

Nach dem kleinen Pfarrsprengel im östlichen Mähren, in dem er nun seit vielen Jahren lebte, war er strafweise versetzt worden, weil er den Wunsch seiner obersten Behörde, in seinen Predigten scharfe Töne gegen gewisse Parteiungen anzuschlagen, unbeachtet gelassen hatte. Seine Schwester geriet damals außer Rand und Band. Sie sah die Welt in zwei Teile gespalten, in ein Heer von Übeltätern und einen Märtyrer, und beschloß, diesem von nun an ihr ganzes Dasein zu weihen.

Rasch und unwiderruflich machte sie ihre Verlobung rückgängig, nahm aber mit großer Zartheit dieser Tat den Stachel. Es gelang ihr, den Bräutigam zu überzeugen, daß jede der vielen, unter denen er jetzt die Wahl hatte, besser zu ihm passen würde als sie und geeigneter sei, ihn zu beglücken.

Die Geschwister begaben sich an den neuen Wohnort und erfuhren bei ihrer Ankunft manche angenehme Überraschung. Sie fanden eine ehrwürdige, gut gehaltene Kirche, ein kleines Pfarrhaus, das an freilich argen, aber nicht unheilbaren Schäden litt. Klaglos und ohne Überstürzung ging man daran, sie zu beheben. Der Regen mußte sich's abgewöhnen, durch das Dach und durch die Fenster hereinzusickern; die ausgebrochenen steinernen Stufen, die zur Eingangstür führten, wurden durch neue ersetzt und bekamen ein hübsches eisernes Geländer. Dem verwilderten Gärtchen vor dem Hause widmete Monika von allem Anfang an ihre liebevollste Pflege.

Eingerichtet war man bald, und die Einteilung der Zimmer ergab sich von selbst. Rechts die des Bruders, links, ihnen gegenüber, die der Schwester; doch betrachtete sie nur das zweite, kleinere Gelaß als ihr ausschließliches Eigentum. Das erste, größere diente auch als Lese- und Musikzimmer. Durch den Gang, der nicht sehr breit war und die Gemächer voneinander trennte, gelangte man, an der Küche und den Wirtschaftsräumen vorbei, in den Obstgarten. Aus ihm führte ein gepflasterter Weg zur Pforte der Sakristei, und bei dieser Pflasterung war auf die Wahl flacher Steine kein Wert gelegt worden. – Man geht dahin wie auf einem Reibeisen, dachte Monika; aber er wird es nicht merken. Er würde es kaum merken, wenn er barfuß zum Gottesdienst ginge. Er bemerkt überhaupt so schwer etwas Unangenehmes, wie rasch und freudig jedoch das kleinste Gute!

Der neue Aufenthalt hatte aber wirklich gegen den früheren manchen Vorzug. Monika lächelte beinahe zustimmend, als der Pfarrer einmal sagte: «Sollte meine Versetzung eine als Strafe verkleidete Belohnung gewesen sein?»

Die Geschwister fühlten sich wie in die Heimat zurückgekehrt. Sie hatten auf einem benachbarten Gute, dessen Verwalter ihr Vater gewesen, ihre frühe Kindheit zugebracht. Längst abgebrochene Beziehungen wurden wieder angeknüpft; alte Leute kamen und erzählten: «Wir haben Ihren Herrn Vater, Ihre Frau Mutter gekannt», und die Mitteilung eines kernigen Ausspruches, den er, einer guten Tat, die sie getan, folgte. Das Verhältnis der Gemeinde zu ihrem milden Hirten und zu seiner Schwester, die so leicht böse, aber auch so leicht wieder gut gemacht werden konnte, war im ganzen vortrefflich. Daß der Herr Pfarrer alle Ausgaben für sein Haus und auch manche für die Kirche aus eigenen bescheidenen Mitteln bestritt, wurde mit Befriedigung hingenommen. Mit Befriedigung, nicht mit Dankbarkeit – wo hat es je eine dankbare Dorfgemeinde gegeben? – «Wenn er's nicht hätte, würde er's nicht tun», hieß es. Aber es war doch angenehm, daß er's hatte.

Fünfundzwanzig Jahre lebten die Geschwister nun in dem stillen Dorfe, und sie waren ihnen vergangen wie ebenso viele Monate. Kam ihnen einmal ein Tag lang vor, so war es einer, an dem gar zu dauerhafte Besuche aus der nahen oder fernen Nachbarschaft sich eingefunden hatten. Trotzdem wurden die Gäste immer freundlich willkommen geheißen, und manche waren es auch wirklich. Am glücklichsten fühlten sich die Geschwister aber doch, wenn man sie den Feierabend in selbst gewählter Gesellschaft zubringen ließ; das war die denkbar beste, da wurde ein Buch aus dem Schrank genommen, in dem die Blüten klassischer Ehrwürdigkeiten ihr ewiges Leben führten, und der Bruder las vor. Oder vier alte Hände bewegten sich mit noch ziemlich elastischen Fingern auf den Tasten des guten, alten Klaviers, und die Geister Bachs, Beethovens, Haydns schwebten durch den Raum und riefen in den zwei Einsamen Ahnungen eines durchdringenden Allwissens, Allverstehens und Miterlebens wach. Alle Lieblichkeit und alles Grauen des Lebens tat sich vor ihnen auf, sie erschöpften seine schmerzvollsten Wonnen und seligsten Leiden und sahen im Tod den Vollender eines reichen Daseins.

Und beim Gutenachtwünschen dachten sie: Wir sind glückliche Menschen.

Ungetrübt floß das Leben freilich nicht hin; es kamen auch trübe Zeiten, besonders seitdem die Schule anfing, Politik zu treiben, und viele bisher Zufriedene hörten, daß sie eigentlich Unzufriedene zu sein hätten. Das schwerste Leid aber verursachten dem geistlichen Herrn seine unverbesserlichen Beichtkinder, die alten Sünder, über die er schon so oft das Kreuz – das Kreuz der Vergebung – gemacht hatte, die jungen, die schwerer belastet wieder kamen, als sie vor der letzten Lossprechung gewesen waren. Ach, die Jungen! Bei denen es nicht nur um die arge Gegenwart, sondern um die arge Zukunft ging. Menschenkinder, Sorgenkinder! Die Seele eines jeden einzelnen ist ein ihm anvertrautes Gut, er hat die Verantwortung dafür zu tragen bis zum letzten Atemzug. Und deshalb, so hoffnungslos er auch manchmal war: wie einer, der die Hoffnung aufgegeben hat, handelte er nie, ließ sich lieber seine Langmut vorwerfen und alle Übel prophezeien, die ihm aus ihr erwachsen würden.

War's nicht ein Mißgeschick, daß an der Spitze der Nichtsnutzigen im Dorfe gerade Monikas ehemaliger Ziehsohn, der Edinek, stehen mußte?

«Nein», versicherte sie dem Bruder, der sie ungläubig anlächelte, «nein, sag ich dir, nicht eingefallen wäre mir's, mich seiner anzunehmen, wenn ich geahnt hätte, was für ein Unband aus ihm werden sollte.»

Vor achtzehn Jahren war seine Mutter, die in der Stadt einen anstößigen Lebenswandel geführt, plötzlich in ihren Heimatsort gekommen, hatte sich bei Verwandten einquartiert und Geld ausgestreut wie Heu.

Die schiefen Blicke, die man ihr zuwarf, die spöttischen Begrüßungen, die man ihr zurief, schienen ihr Spaß zu machen. Sie lachte vor sich hin, wenn die jungen Frauen und Mädchen das Wippen der

Federn auf ihrem Hute, das Rauschen ihres seidenen Unterrockes mit mißgünstiger Bewunderung anstaunten.

Das Wickelkind, das sie mitgebracht hatte, war das schönste, das man sehen konnte. Es hatte rabenschwarze, große Augen, eine Gesichts- und Hautfarbe wie hellbrauner Samt und – unglaublich! – den Kopf schon ganz bewachsen mit dunklen Löckchen. Es befand sich auch im Besitz einer reichen Ausstattung an Wäsche und Decken, an Bändern und Spitzen sogar. Daß es auf den Namen Eduard getauft worden, hatte man gleich gehört. Neugierige wollten aber noch mehr erfahren und fragten: «Na, und wer ist denn der Vater?»

«Was weiß ich?» erhielten sie zur Antwort.

«Vielleicht der Teufel», sprach eine Alte.

«Vielleicht», kam's lachend zurück, und die Übermütige küßte und herzte ihr Kind.

Als sie aber eines Morgens so plötzlich verschwand, wie sie erschienen war, vergaß sie es mitzunehmen. Man hörte nie mehr etwas von ihr. Der fremd klingende Name, den sie ihrem Söhnchen gegeben, verwandelte sich im Munde der Leute in ein kosendes «Edinek».

Aber ein anderer Name, mit dem er später verhöhnt oder gegeißelt werden sollte, lautete «Teufelsbrut» und blieb sein einziges mütterliches Erbe.

Um dem Gesetz Genüge zu tun, ließ sich ein Bäuerlein zum Vormund des Verlassenen ernennen. Die Rechte und Pflichten auszuüben, die er damit übernahm, lag ihm aber ferne. Sie waren, als wenn es gar nicht anders sein könne, vom ersten Augenblick an in die stets offenen und hilfsbereiten Hände Monikas geglitten.

Das Fräulein hatte den Schützling bei einem kinderlosen Ehepaare untergebracht, braven Leuten, deren letzte ruhige Stunde schlug, als der Knabe heranwuchs und ein phänomenaler Leichtsinn ihn zum Gegenstand ihrer beständigen Qual und Entrüstung machte. Monika versäumte nie, ihm auch in erziehlicher Hinsicht ihre Sorgfalt zu widmen; sie ermahnte, bestrafte, ja, sie züchtigte ihn mit eigener jungfräulicher Hand, brachte aber nichts anderes zuwege, als ihm große Scheu einzuflößen, eine ganz besondere vor ihren Ermahnungen. Die machten auf ihn den Eindruck eines peinlich unangenehmen Geräusches, dem er um jeden Preis zu entrinnen suchte. Er verkroch sich, wenn er seine Wohltäterin dräuend nahen sah, lief oft, vor ihr Hilfe suchend, geradeaus zum Herrn Pfarrer, rief ihn an, war voll ehrlicher Reue, gelobte Besserung und faßte die besten Vorsätze. Dann hielt er sich eine Weile ordentlich, und in ungetrübtem Lichte erschienen seine guten Eigenschaften, seine Gutmütigkeit, seine Ehrlichkeit, seine Aufrichtigkeit. Sie blieben ihm auch im Jünglingsalter getreu. Monika ließ sie aber nur partiell gelten und fragte mit Recht: Wo bleiben sie den Frauen gegenüber? Zögert er je, die Hand nach einer auszustrecken, die ihm gefällt? Und was kümmern ihn dann das Unglück und die Schmach der armen Betörten?

Eine Entschuldigung hätte er vorbringen dürfen. Die Dorffräulein kannten ihn; warum liefen sie ihm nach? Warum? Vermutlich wußten sie selbst es nicht. Weil er so schön ist, so ganz eigentümlich schön, weil er besser als der Lehrer, der ihm nur ein paar Stunden gegeben hat, auf der Geige spielen kann? Weil ihm alleweil etwas Lustiges einfällt und man sich halbtot lacht, wenn er es erzählt?

Nein, aus diesen Gründen nicht – viel eher, weil er, achselzuckend sagten sie's, «halt so» war; weil er etwas Eigenes hatte, etwas Unbeschreibliches, das die einen unwiderstehlich anzog, andere wieder mächtig abstieß und dem Glauben an seinen teuflischen Ursprung Nahrung gab.

Ebenso verderblich wie für die weibliche Jugend war sein Einfluß auf die männliche. Das Beispiel der Auflehnung gegen Autoritäten, die ihm mißliebig waren, wurde von seinen Nachahmern gegen jegliche Autorität angewandt. Und die Streiche der Jünger fielen ärger aus als die des Meisters, weil den Jüngern die angebotene Gutmütigkeit fehlte, die ihm Zügel anlegte. Aber als der geistige Urheber all des Schlimmen, das sie taten, wurde doch er angesehen, und die Eltern erzählten einander, was für hoffnungsvolle Geschöpfe ihre Söhne gewesen, bevor sie in Grund und Boden verdorben wurden durch den Umgang mit dem Teufelsbraten. Jetzt hatte er sie in den Krallen; wie die Schafe ließen sie sich von ihm leiten, wurden in seiner Gefolgschaft zu Säufern, Spielern, Schürzenjägern. Ein

Unheil fürs Dorf war er, wenn er auch zur Kirche und zur Beichte lief und im nüchternen Zustand aussah, als ob er nicht auf fünf zählen könne. Im Rausche, bei den Prügeleien im Wirtshaus, die dem Pietienak, dem Gendarm, so viel zu schaffen gaben, da mußte man ihn sehen! Da kam der wilde Satan, der in ihm steckte, zum Vorschein.

So zusammengesetzt aus Widersprüchen er aber auch war, in einem blieb er immer gleich, in seiner Anhänglichkeit an den Herrn Pfarrer. Sie kam bei jeder Gelegenheit zutage, und schon als kleiner Junge hatte er sie bewährt. In der Volksschule nie durch etwas anderes ausgezeichnet als durch seine Faulheit und seine Frechheit, hielt er sich beim Religionsunterricht aus Liebe zum Herrn Pfarrer, und um ihm eine Freude zu machen, stets unter den Besten. Einen Ministranten, wie er als Knabe war, konnte der geistliche Herr sich nie wieder erziehen, und ein gewissenhafter Besucher der Kirche blieb er bis heute. Er trat auch alljährlich mit solcher Andacht in den Beichtstuhl und an den Tisch des Herrn, daß Pater Emanuel ihn immer wieder hervorholte aus der Reihe der Unverbesserlichen, in die er ihn notgedrungen so oft gestellt hatte.

Ergötzlich und beinahe rührend – Monika selbst mußte das zugeben – war die Obsorge, die der nichtsnutzige Bursch allem widmete, was zum Eigentum der Pfarrei gehörte. Wenn sich jemand an ihm vergriff im Garten oder auf dem Felde, gab es für Edinek keine ruhige Stunde, bevor er den Täter erwischt und durchgeprügelt hatte. Eine widerrechtliche Handlung, für die aber Monika nicht ganz ohne sympathisches Verständnis war, denn in diesem Unrecht bekundete sich ein entschiedener Sinn für das Recht.

Eine Gelegenheit aber gab es, bei der der makelvolle Jüngling nie versäumte, sich im reinsten Lichte zu zeigen. Um die Erntezeit, wenn der große Mangel an Arbeitern eintrat, wenn man um keinen Preis Leute auftreiben konnte, die das Heu, die Feldfrucht hereingebracht hätten, kam er daher und stellte seine Dienste zur Verfügung. Und war es auch nach einigen im Wirtshaus durchtollten Nächten und war auch sein hübsches Gesicht rot und gedunsen, waren auch seine Augen verglast, er kam, holte das Arbeitszeug herbei und verrichtete freudig und unverdrossen sein Tagewerk.

Es war ein ästhetisches Vergnügen, ihm dabei zuzusehen, und die Geschwister gönnten sich's, standen in einiger Entfernung und bewunderten ihn im stillen. Er fühlte recht gut, daß sie es taten; ein beglückender Stolz erhöhte seinen Eifer, er warf den Kopf zurück und übersah das Gebiet seiner Tätigkeit mit einem Feldherrnblick. Seine schlanke Gestalt reckte sich; mit weit ausholender, gleichmäßiger Gebärde schwang er die Sense und legte das goldene Getreide in mächtigen Schwaden vor sich hin.

«Sieht er nicht aus wie ein junger Perseus mit dem Sichelschwert, der Schlingel?» fragte Emanuel.

«Soweit ein Perseus wie ein Schlingel aussehen kann», erwiderte Monika und ging nach Hause, um dem Perseus-Schlingel eine tüchtige Mahlzeit bereiten und aufs Feld schicken zu lassen.

Am nächsten Tage spendete sie ihm etwas weniger Willkommenes – eine Ermahnung. Sie stellte ihm vor, wie schön und in jeder Hinsicht ersprießlich es wäre, wenn er immer brav und arbeitsam sein wollte. Alles war vortrefflich gesagt, und die guten, klugen Worte mit Herzlichkeit vorgebracht.

Im Kopfe Edineks jedoch stellte sich ein Zusammenhang her zwischen diesen Ermahnungen und dem Zustande immerwährenden Bravseins, und sie verbanden sich zu der Vorstellung einer unermeßlichen Langeweile.

Das Fräulein hatte kaum den Rücken gekehrt, als er auch schon dem Genuß eines so unmäßigen Gähnens frönte, daß er in Gefahr geriet, sich die Kinnlade zu verrenken.

Fräulein Monika war auf der Suche nach einer neuen Dienerin. Ihre, wie sie sagte, «langjährige Kathi» stand im Begriff, sie zu verlassen. Es hatte sich ein Liebhaber ihres wohlkonditionierten Sparkassenbuches gefunden, den sie für einen Liebhaber ihrer dürftigen Reize hielt: ein vagierender Schreiber von anrüchigem Charakter und um neun Jahre jünger als sie.

Mit ebensoviel Scharfsinn als Delikatesse stellte ihr das Fräulein die Gefährlichkeit des Schrittes vor, den sie unternehmen wollte. «Ich habe einmal gelesen», sprach sie, «sterben ist nichts, heiraten – das ist etwas.»

«So?» Kathi, deren Gesicht viel Ähnlichkeit mit dem eines Meerschweinchens hatte, lächelte ernsthaft.

«Sie sollten nicht lächeln, liebe Kathi. Der Tod, sehen Sie, ist das Ende eines jeden Kampfes, während mit dem Eingehen einer Ehe der Kampf beginnt.»

«So?» Kathis Lächeln wurde ironisch.

«Es handelt sich oft um Angriff und Verteidigung.» Monika ging vom allgemeinen zum konkreten Fall über. «Sie zum Beispiel werden Ihr Sparkassenbuch zu verteidigen haben.»

Das Meerschweinchengesicht nahm einen bösartigen Ausdruck an. Kathi mußte sehr bitten. Wenn das Fräuln glaubte, er, der Schreiber, beabsichtige, eine Geldheirat zu machen, irrte die Fräuln. Und sie entwarf in knappen, abgebrochenen Sätzen ein derart geschmeicheltes Bild von ihrem Verlobten, daß Monika nicht umhin konnte, in scharfem Tone auszurufen:

«Sie sind verliebt!»

Das war in ihren Augen ein so harter Tadel, daß sie meinte, ihrer Köchin damit den Dolch ins Herz gestoßen zu haben, und über die eigenen Worte sehr erschrak.

Aber Kathi zuckte nur die mageren Achseln und antwortete schnippisch:

«Warum soll ich nicht verliebt sein?»

Auszusprechen, was sie dachte: «Sie haben nicht mehr das Recht dazu, sehen Sie doch in den Spiegel!», war Monika nicht grausam genug, und so hatte das Gespräch ein Ende.

Monika freute sich, daß sie ihren Ärger überwunden und die harten Worte, die er ihr eingab, nicht ausgesprochen hatte. Ihr Gewissen war gut und leicht, aber im Magen spürte sie einen leichten Druck.

Als sie zu ihrem Bruder ging, um ihm ihr jüngstes Erlebnis mitzuteilen, fand sie ihn nicht allein.

Ein junger, hübscher Mensch in Dragoneruniform stand in militärischer Haltung vor ihm und salutierte nun das Fräulein bei seinem Eintreten auf das ehrerbietigste.

«Um Gottes willen», rief Monika, «was ist Euch, Sylvin, Ihr weint ja!»

Sylvin bestätigte mit einem Schluchzen, daß er weine, und der Druck im Magen Monikas verstärkte sich. Der Anblick eines weinenden Soldaten war ihr alles eher als angenehm.

«Er rückt morgen nach seinem Urlaub wieder ein», sagte der Pfarrer, «und bekommt keinen Urlaub mehr, bevor er ausgedient hat. Die Trennung von seiner Braut, der Anna – du weißt, der Tochter des Zimmermanns -, wird ihm sauer.»

«Wohl und gut; aber ein Mann weint doch nicht, weil ihm etwas sauer wird.»

Sylvin widerlegte diese Behauptung tatsächlich; der kräftige Mann, der aussah wie das blühende Leben, vergoß Ströme von Tränen.

«Ein Jahr, ein ganzes Jahr... gnädiges Fräulein... und die Anna, meine Anna...»

«Wird sich schon noch gedulden, lieber Sylvin, wird auf ihn warten.»

«Sie möcht wohl, sie meint wohl – und was sie is – o da... da bin ich sicher... aber die Bursche, gnädiges Fräulein – und eine so schöne Person, eine so schöne, schöne Person!...»

Weiter konnte er vorläufig nicht, ein leidenschaftliches Schluchzen erstickte seine Stimme.

«Wenn er seiner Anna sicher ist», sprach Monika trocken, «was kümmern ihn da die Bursche?»

«Die sind so keck! Die geraten jetzt alle der Teufelsbrut nach, dem Edinek. Wie soll ein armes Mädel sich erwehren, wenn die Mutter tot ist und der Vater oft die ganze Woche fort, in der Arbeit... O gnädiges Fräulein! O wenn sich ihrer annehmen wollten! Die Leut sagen, daß die Kathi heiratet – o wenn das gnädige Fräulein die Anna nehmen möchte statt der Kathi, die Anna möchte ihr alles absehen an den Augen...»

Das Wort «Augen» mußte eine besonders rührende Wirkung auf ihn ausüben; es war kaum ausgesprochen, als seine Stimme abermals brach.

Monika fühlte sich äußerst abgestoßen und äußerst gedrängt, ihre Empfindungen auszusprechen. So viele gute, kräftige Ermahnungen fielen ihr ein – wahre Schlager. Sie litt die Qualen eines Demosthenes, der nicht zu Worte kommen darf, aber sie schluckte, schluckte! Und es war, als ob in ihrem Innern kleine Hände kämpfend rängen, als ob es lautlos schrie: Wenn's nur nicht auf einmal übergeht!

Aber – unglückseliges Naturell! – es ging über.

Als Sylvin in seiner Pein sehr unschön aufschrie, war's mit ihrer Selbstbeherrschung vorbei. Sie sprach. Leider keines der vortrefflichen Worte, die ihr früher in den Sinn geraten waren, sondern unüberlegte, unwillkürlich hervorgebrachte:

«Flenn er nicht! Hör er auf! Ihn stößt ja schon der Bock. Wenn ich die Anna wäre, ich nähme lieber den Edinek als einen Mann, der flennt!»

Nun war ihr Magen frei; aber in welchem Zustand befand sich ihr Gewissen! Sie stand auf und verließ das Zimmer.

Sylvin fühlte sich eisig angeweht. Wie eingefroren versiegte der Quell seiner Tränen.

Bei dem Aus- und Aufbruch seiner Schwester hatte Pater Emanuel die Augenbrauen hoch emporgezogen. Auf seiner Stirn bildeten sich Falten, alle voll reinsten Wohlwollens, heiterer Freundlichkeit, und seinen Mund umkräuselte das bekannte, ein wenig überlegene und sehr gütevolle Lächeln. Er näherte sich dem rührseligen Kriegsmann, klopfte ihm auf die Schulter und sagte: «Sei ruhig, Sylvin, sei du ganz ruhig. Glaub mir, Sylvin, bevor die Woche um ist, steht deine Braut unter dem Schutze des Pfarrhofes.»

Nun war der Pfarrherr allein und geriet alsbald in eine der wundervoll rosigen Stimmungen, die sein Alter so jung und so schön machten. Durch keinen äußeren Grund waren sie veranlaßt, so konnte auch kein äußerer Grund ihnen so leicht etwas anhaben. In herrlicher Unabhängigkeit, von jeder Erdenschwere frei, kamen sie und erfüllten ihn mit ihrem stillen, sanften, unsagbar warmen Lichte. In jungen Jahren hatte er diese Stimmungen nicht gekannt; sie waren Früchte des späten Alters, und um kein Jugendglück hätte er sie getauscht. Heute freute ihn einmal wieder alles. An ihm erfüllte sich die Verheißung: «Wer seine Zelle liebt, wird in ihr den Frieden finden.» Er liebte seine niedrige, aber geräumige «Zelle» und jeden Gegenstand, den sie enthielt: die Einrichtung – Urväterhausrat, aber gediegen und erprobt. Jeder Schrank, jede Truhe, jeder Sessel sah ihn mit treuen Augen an und fragte: Bin ich dir nicht ein braver Diener gewesen? Habe ich je auch nur mit einem Fuße gewankt? Kannst du mir einen übermütigen Sprung nachweisen? Fest wie Stein ist mein edles Holzwerk mit der Zeit geworden und metallisch sein milder Glanz. Wir haben deine Eltern überlebt, wir werden auch dich überleben. Was dann?

Was dann? Ja, Erben, die sie ihm zuliebe in Ehren halten würden, hatte er nicht; aber die neue Zeit weiß das Alter zu schätzen, besonders an Möbeln, und er prophezeite den seinen den glorreichsten Aufenthalt in einer berühmten Sammlung. «Ihr sollt es gut haben», sprach er munter und strich leicht mit der Hand an der Konsole hin, über der die Bilder seiner Eltern hingen, Werke einer altmodischen, schlichten, aber sehr echten Kunst. – Einen Gruß zu ihnen empor; dann trat er ans Fenster, öffnete beide Flügel und ließ die Herbstabendluft hereinfluten.

Sie kam in breitem Strome, kühl und sehr erquickend, und trug den Duft der späten Rosen herein, die noch im Vorgarten blühten. Edinek pflegte sie; er hatte eine gute Hand für Blumen, dieser Mensch.

Am Himmel verglomm ein blasser Purpurstreifen, die lange Reihe der fernen Berge begann sich im Dämmer zu verlieren. Bald sachte ansteigend, bald sich leise senkend, wehte die Landschaft zu ihnen hin. Etwas Großartiges hatte sie nicht, diese gute mährische Landschaft, aber für den alten Mann am Fenster einen liebkosenden Heimatszauber. Vom jetzt wasserreichen Flusse herbeigesandt, begannen graue Nebel sich in die Niederungen zu breiten und mählich jede Linie und jede Form zu verwischen, jede Farbe auszulöschen. Mildes, leises, vom geheimnisvollen Hauch des Sterbens umwehtes Hingleiten in die Nacht... Und sie wieder nur ein Übergang zum lichten Morgen, und der Schlaf, auch der tiefste, der letzte, nur ein Übergang zu neuem Tage. Traumloses oder vielleicht traumumsponnenes Einschlafen, dem seligen Erwachen in Gottes himmlischer Nähe entgegen...

Pater Emanuel hatte manche Anzeichen dafür, daß er vor seiner Schwester sterben sollte, und überzeugt hielt er sich, daß sie ihn nicht lange überleben werde. So stark sie war, das ginge über ihre Kraft. Aber an seinem offenen Grabe sah er sie aufrecht stehen und angesichts des Trauergeleites wahrscheinlich tränenlos. Seine starke, seine schwache, seine liebe, alte Schwester!

Als sie ihn zum Abendessen rufen ließ, fand er sie genau so, wie er erwartet hatte. Mit etwas geröteten Wangen und unruhigen Augen. Auch ungewöhnlich gesprächig und lebhaft von Dingen redend, die ihr recht gleichgültig waren. Nach der Mahlzeit ging sie zum Klavier, blieb eine Weile unentschlossen, ob es heute eine Beethoven- oder eine Haydnfeier geben sollte, durchstöberte die Noten und sagte, über sie gebeugt, leichthin: «Unter anderm! Ich war recht grob mit dem sentimentalen Myrmidonen.»

«Das warst du, liebe Schwester.»

«Ich will meine Heftigkeit durchaus nicht entschuldigen; aber du weißt, daß Sentimentalität und alles, was ihr gleichsieht, mich anwidert, mich aufwühlt. Eine gewisse Art Männlichkeit fordere ich sogar von den weiblichsten Frauen. Übrigens läßt sich die Sache mit der Anna, die ja ein braves Mädchen ist, erwägen...» Sie neigte den Kopf tiefer – sie machte einen strengen Unterschied zwischen dem Bruder, ihrem vertrauten Freunde, und dem geweihten Priester, ihrem Seelsorger: «Morgen komme ich zur heiligen Beichte, Hochwürden.»

Er jubilierte im stillen, ihm lachte das Herz. – Schlaf ruhig, kummervoller Sylvin, deine Anna ist geborgen, dachte er. Das hast du der Reue über einen unbezähmten Ausbruch der Ungeduld zu danken. Ja, ja, gar manches große Gute entsprang schon der Reue über ein kleines Unrecht – und da leugnen sie, da mißkennt sogar Goethe ihren Wert[1] .

---

[1] Nichts taugt Ungeduld,
Noch weniger Reue;
Jene vermehrt die Schuld,
Diese schafft neue.

Die Hochzeit Kathis wurde prunkvoll gefeiert. In Seide starrend, stand die Braut vor dem Altare und trug mit Stolz und mit Recht den Myrtenkranz. Aber wieviel besser hatte ihr doch das immer blütenweiß garnierte Diensthäubchen gestanden! Trotz Schleier und Kranz nahm sie sich neben dem jugendlichen Bräutigam aus wie eine wohlhabende Großtante an der Seite ihres lachenden Erben.

Der Herr Pfarrer und Monika nahmen als Ehrengäste am Hochzeitsschmause teil. Für die Tafelmusik sorgte Edinek, gab auf seiner Geige Volkslieder und Tanzweisen zum besten und brachte dazwischen die tollsten Witze und Späße vor. Einen großen Teil der männlichen Jugend riß er zu schallendem Gelächter hin, die Mädchen kicherten, und viele von ihnen sahen ihn mit blitzenden, andere mit vorwurfsvollen Augen an. Der Neuvermählte trank ihm zu und schmunzelte verständnisvoll bei jeder Anspielung auf das Glück, eine schöne, reiche Frau heimzuführen. Aber die Alten und Mittelalterlichen stellten sich taub, kehrten ihm den Rücken zu. Zu schlecht angeschrieben war er bei ihnen, um mit seiner Unterhaltungsgabe und mit seiner Musik etwas anderes als ihren Ärger und ihr Mißfallen zu erregen.

Neulich erst hatte der Vorsteher selbst erklärt, es würde im Dorfe solide Burschen und brave Mädchen erst wieder geben, wenn der Teufel seinen zur Hölle längst reifen Sohn geholt hätte.

Auf dem Heimwege erging Monika sich in Betrachtungen. Erziehung! – einmal ist sie alles, einmal ist sie nichts. Dieser Edinek – wäre etwas anderes aus ihm geworden, wenn ihn Pestalozzi selbst in die Hand genommen hätte?

Ihr Bruder wußte es nicht, gestand auch, daß er sich keine Gedanken darüber mache.

Es sei allerdings fruchtlos, meinte sie, aber interessant. Und schad ist es um den Buben, sehr, sehr schad. Er hat künstlerische Anlagen, der Bub, könnte Musiker werden, Sänger, Schauspieler. Das weibliche Publikum hätte er für sich. Wie sie ihn alle anstaunten, die Dorfprinzessinnen! Sogar die ernste Anna, die doch keinen Augenblick vergessen sollte, dem tränenreichen Bräutigam nachzutrauern, hatte mehr als einmal laut mitgelacht. Das Fräulein beschloß, ihr bei nächster Gelegenheit eine Bemerkung darüber zu machen.

Anna nahm seit einiger Zeit die Stelle Kathis im Pfarrhause ein. Sie hatte sich, durch ihre Vorgängerin in den Dienst eingeführt, deren Unterweisungen zunutze gemacht. Geschickt, still und freudig verrichtete sie ihre Arbeit, gab nie Grund zum Tadel und nahm jedes Lob wie ein Gnadengeschenk hin. An Respekt für ihre Gebieter leistete sie das Äußerste. Sie betrat das Zimmer des Fräuleins so ehrfürchtig, als ob sie eine Kapelle beträte, besorgte das Waschen und Plätten der Kirchenwäsche ernst und hingebend wie eine heilige Handlung. Wenn sie dem Herrn Pfarrer begegnete, blieb sie stehen, machte Front, knickste und rührte sich noch eine ganze Weile nicht, nachdem er schon vorüber war.

Einmal sagte Monika: «Du hast Respekt vor dem Herrn Pfarrer, das ist recht. Was denkst du denn, wenn du ihn siehst?»

Ein großer Schreck bemächtigte sich Annas bei dieser Frage. Sie zerknüllte den Zipfel ihrer weißen Küchenschürze, führte ihn tief geneigten Hauptes an die blühenden, zuckenden Lippen und blickte das Fräulein von unten herauf bestürzt und ratlos an.

«Antworte! Du mußt immer antworten, wenn ich dich frage.»

«Herr Jesus, gnädiges Fräulein, was ich denk? Wenn ich ihn seh, denk ich, wie mir sein möcht, wenn er vor uns stehen möcht, vor mir und dem Sylvin, und uns trauen möcht... gnädiges Fräuln. Und wenn ich das denk, steigt mir's immer so rot in den Kopf, und ich möcht mich vor ihm niederknien.»

Nun, dachte Monika, vorläufig hat der plärrende Othello noch keinen Grund, ihr ans Leben zu gehen.

Zu wachen hörte sie trotzdem nicht auf. Es war geboten, denn man sah den unternehmenden Edinek das Haus jetzt besonders oft umstreichen. Freilich, die Zeit der Kartoffelernte war da; er schickte sich an, sie hereinzubringen, und hatte im Keller zu tun. Ins Haus selbst durfte er nicht, seitdem es ein so schönes Vögelchen beherbergte.

Am Tage nach dem Rosenkranzfeste wurde dieses Verbot von ihm gebrochen. Da kam er einhergestürmt, nahm in zwei Sprüngen die Stufen zur Eingangstür und rannte schreiend auf Monika zu, die eben am Ende des Ganges aus der Küche trat. «Fräuln, Fräuln, denken sich, die Pagasch, die niederträchtige...»

Monika trat ihm mit gebieterisch erhobener Hand einen Schritt entgegen: «Beherrsche er sich. Solche Ausdrücke sind...»

Sie mußte innehalten, Edinek war nicht zu bändigen.

«Drei Säck!» schrie er noch lauter als vorhin, «just die neuen, die die Fräuln erst gekauft hat, fort – gestohlen!»

«Was? Kartoffelsäcke?»

«Ich hab noch oben auf dem Feld zu tun, leg sie hin auf den Rain, wo der Weg ins Dorf geht, meinen Rock dazu... komm nach einer Viertelstund wieder, und da liegt auch noch der Rock... den haben's liegenlassen, der hätt sie verraten können. Aber, meine Säck! Meine neuen Säck, die hat mir das Gesindel...»

Monika unterbrach ihn: «Ich habe ihm schon gesagt, daß er nicht zu schimpfen braucht. Aber recht schön, recht schön, daß es ihm nah geht. Übrigens hätte er auch besser achtgeben und die Säcke nicht an den Rain legen sollen, wie hergerichtet zum Forttragen... Das Diebshandwerk ist eben wieder recht in Aufschwung gekommen im Dorfe...» Ihre Stimme wurde immer milder, die Empörung des Nichtsnutzes über eine widerrechtliche Handlung berührte verwandte Saiten in ihr, und sie schloß beinahe vertraulich: «Mir fehlen ja auch seit einigen Tagen zwei meiner schwarzen Hühner.»

Edinek stieß von neuem sein Lieblingsschimpfwort aus:

«Pagasch, niederträchtige! Gleich drei Säck und zwei Hendeln und Gott weiß was alles noch! Aber... ich kenn die Pagasch, und wenn ich sie erwisch – und ich...»

Er schwor darauf, daß er sie erwischen und «treschaken» werde, fluchte und wetterte, überstürzte sich und warf in seinen Reden alles derart durcheinander, daß man nicht mehr wußte, ob er von den Säcken, der Pagasch, dem Fräulein oder von den Hendeln sprach.

Plötzlich aber, wie auf den Mund geschlagen, schwieg er, riß die Augen auf, starrte. – Anna war aus der Küche getreten, rosig und blond, im Glanz ihrer lieblichen Schönheit. Der Anblick wirkte auf den Jüngling, wie wenn er zum erstenmal in ihm schwelgte, berückend und entzückend. Es gab keine Erdäpfelsäcke und keine Hendeln mehr, das Fräulein war in einen Abgrund versunken, auf der ganzen Welt lebte nur die Anna. Der Gedanke. Du mußt mein werden! durchblitzte ihn, und er murmelte, zu früh triumphierend: «Sackerlot!»

Monika riß ihn aus seiner Berauschung, indem sie ihm die Tür wies. Dann wandte sie sich mit strenger Miene ihrer Dienerin zu.

Das junge Mädchen bog sich wie eine Gerte, steckte den Kopf zwischen die emporgezogenen Schultern, rang die Hände über den Knien, pustete, schluckte und brach endlich in ein unaufhaltsames Gelächter aus.

«Worüber lacht sie?» fragte Monika. «Sie sollte nicht lachen, sie sollte lieber gut überlegen, wie sehr sie sich vor dem Nichtsnutz, dem Eduard, in acht zu nehmen hat.»

«Verzeihn, gnädiges Fräuln, verzeihn», sprach Anna zwischen neuen Lachanfällen, «der ist ja ein Narr, und er» – das hieß bei ihr immer: der Sylvin – «ist auch ein Narr, daß er sich vor dem fürchtet.»

Einige Tage später saß Monika in ihrem Zimmer am Tische vor der hell brennenden Lampe und erwartete Anna, die im nächsten Augenblick kommen sollte, um den Kaffee zu servieren. Ihr leichter und rascher Schritt wurde eben vom Gange her vernehmbar, als ein Schrei ergellte, der dem Fräulein durch Mark und Bein ging. Ihre Magd hatte ihn ausgestoßen, und zugleich klang und klirrte das Getöse zu Boden gestürzten, zerschmetterten Geschirres.

Monika eilte zur Tür, riß sie auf und stand ihrem Bruder gegenüber, der auf die Schwelle seines Zimmers getreten war. Aus dem seinen wie aus dem ihren fiel ein heller Lichtschein auf den halbdunkeln Gang.

Das Fräulein stieß einen Schreckensruf hervor, der Pfarrer fragte gelassen:

«Was gibt es denn?»

Erstens also für heute keinen Kaffee. Das gute Getränk duftete ihm zwar entgegen, aber von den Fliesen herauf, wo es sich ausbreitete, aromatisch und dunkelhell. In seiner Nähe bildete die Sahne einen kleinen See und streckte nach ihm schmale Kanäle gleich sehnenden Ärmchen aus. Und drinnen und daneben lag in Trümmern das großelterliche Erbstück, das Altwiener Porzellanservice. Die Kanne mit dem gutmütigen Bäuchlein und der schlanken Taille, mit der Birne auf dem kuppelförmigen Hütlein, und die Zuckerdose und die Tassen, alles in Scherben.

Und an dieser Stätte des Unheils zwei Bilder menschlichen Elends. Dem Fräulein gegenüber preßte sich Edinek in Zerknirschung so dicht mit dem Rücken an die Wand, daß er plattgedrückt aussah wie eine Blume in einem Herbarium. Wieder starrte er zur Anna hin, jetzt aber in Todesangst. Und sie befand sich in sinnloser Verzweiflung. Aus diesem jungen Geschöpfe kam eine Wildheit zutage, deren man es nie für fähig gehalten hätte.

Fluchend hob sie die geballten Fäuste, ihre Augen glühten wie Feuerbrände, und wie das Herz ihr klopfte, sah man am Auf- und Niederwogen ihres Busentuches. Den Kopf zurückwerfend, stieß sie in schrillen Tönen abgebrochen hervor: «Teufel – vermaledeiter!... In die Hölle mit ihm!... Nicht hier herumlaufen – nicht Menschen unglücklich machen, Teufel!»

«Was hat er Ihnen getan?» fragte der Pfarrer.

«Ge-ge-geküßt», kam die Antwort unter Schluchzen und Stöhnen heraus. «Er hat mich ge-geküßt!»

«Abscheulich!» rief das Fräulein. «Abscheulich! Miserabilität! Er weiß doch, der Mensch, daß sie eine Braut ist.»

«Und ‹er› hat gesagt, wenn ich mich ein einziges Mal von einem andern küssen laß...» Ein neuer Zornes- und Schmerzensausbruch mußte sich Luft machen, ehe sie schließen konnte: «mag er mich nicht mehr... und jetzt... und jetzt... wird er mich nicht mehr mögen...»

«Na, na», suchte das Fräulein zu beruhigen, hätte aber selbst nötig gehabt, beruhigt zu werden, und der Pfarrer sprach:

«Sie haben sich ja nicht küssen lassen; Sie wurden überrascht, und wie Sie darüber erschraken und wie Sie sich wehrten, bezeugen dieser verschüttete Kaffee und dieses zerbrochene Porzellan.»

Die Geschwister sahen einander wehmütig an; dann durchmaß Monika den Edinek mit einem Richterblick vom Wirbel bis zur Sohle.

«Dich», wandte sie sich zu ihrer Dienerin, «wird niemand zur Rechenschaft ziehen für die Untat eines...»

Während sie einen Ausdruck suchte, der ihrer nicht unwürdig und für den Verbrecher bezeichnend gewesen wäre, fiel Emanuel sanft ein:

«Nimm sie mit auf dein Zimmer, und Sie, Eduard,» – wenn er «Sie» und «Eduard» sagte, war er sehr böse – «räumen hier auf und kommen dann zu mir.»

Einen besonders schweren Stand hatte der geistliche Herr dieses Mal mit dem immer rückfälligen Sünder. Daß er die Anna mit Gewalt geküßt hatte, gab er zu; aber als einen Willensakt konnte er diese Tat nicht gelten lassen. Er ahnte selbst nicht, wie es geschehen konnte. Es hatte ihn, als er am Pfarrhof vorbei kam, mit Gewalt hinein- und in den halbdunklen Gang gezogen, und im Gang war ihm die Anna entgegengekommen, und da hatte es ihn zu ihr und seinen Mund auf den ihren gestoßen.

«Was soll das heißen – ‹Es› hat dich gezogen, ‹es› hat dich gestoßen? Es gibt kein ‹Es›, das zieht und stößt. Der Mensch hat einen freien Willen, Eduard.»

«Ja, hochwürdiger Herr Pfarrer, den hab ich, o den hab ich! Ich tu immer wollen, und immer das Beste; aber was nachher herauskommt, dafür kann ich nichts.»

«Schäm dich, einen solchen Unsinn zu reden», zürnte Emanuel. «Aber du bist gar nicht mehr fähig, dich zu schämen, du bist unverbesserlich, und den Unverbesserlichen geb ich auf.»

Edinek erschrak. In dieser Weise hatte der geistliche Herr noch nie zu ihm gesprochen. Schlecht stand es mit ihm, wenn der Übergütige also zu ihm sprach. Immer bereit, ins Äußerste zu stürzen, als wär's das Nächste, erwiderte er stockend, schluckend und in naiver, ehrlicher Verzweiflung:

«Wird schon so sein, werden schon recht haben, die Leut, die mich Teufelsbrut schimpfen... Wird schon so sein, das Verfluchte, das mich zwingt, wird schon der Teufel sein.»

«Laß dich nicht zwingen, laß dich nicht unterkriegen, widersteh der Versuchung!»

«Wenn ich nur nicht eine so teuflische Natur hätt, hochwürdiger Herr.»

«Natur! Verschone mich mit deiner Natur. Weißt du, wozu sie da ist, deine Natur? – Um überwunden zu werden, dazu!»

«Wenn man nur könnt...»

«Man kann! Nicht nur der Mensch, sogar das Tier kann seine Natur überwinden. Hast du nie einen braven Jagdhund gesehen? Wozu treibt ihn seine Natur, und was tut er, weil sein Wille stärker geworden ist als seine Natur?... Ja, sogar von einem Wolf weiß ich, der seine Natur bezähmte, einem wilden Wolf.»

Edinek schien sehr ungläubig. «Haben ihn gesehen, den Wolf?»

«Das nicht. Er lebte vor ein paar hundert Jahren.»

«Ein paar hundert Jahren – ja so.»

Pater Emanuel hatte in einem Lehnstuhl Platz genommen; Edinek stand vor ihm, seine Haltung, die anfangs geknickt gewesen, war schon sicherer geworden:

«Hier war er? Hier bei uns?»

«Nein, in der Nähe einer italienischen Stadt, die Gubbio hieß, und der Schrecken der ganzen Gegend.»

«Ein einziger Wolf? O den hätt ich...»

«Nichts hättest du. Er war so stark, daß er alle, die gegen ihn auszogen, und wenn ihrer noch so viele waren, und wenn sie sich noch so gut bewaffnet hatten, überwand und auffraß. Zuletzt traute sich niemand mehr aus der Stadt, die Menschen waren hinter ihren Mauern eingeschlossen wie die Belagerten. Sie wären verhungert, wenn ein großer Heiliger sich ihrer nicht erbarmt hätte. Dieser Heilige war Franziskus von Assisi... Du weißt von ihm.»

Edinek bejahte.

«Der beschloß, sie mit Gottes Hilfe von dem Feinde zu befreien, machte sich auf und ging ihm entgegen.»

«Das war schön! Er allein, ganz allein!»

«Zuletzt ja; anfangs hatte eine ganze Schar Leute ihn begleitet, als sie aber den Wolf erblickten, der heulend mit aufgerissenem Rachen auf sie zu stürzte, wichen alle zurück.»

«Nur der Heilige nicht!» fiel Edinek begeistert ein.

«Nur der Heilige nicht. Allein stand er da und erwartete den bösen Feind, der in wilden Sprüngen auf ihn zu kam...»

«Und hat nichts gehabt, kein Gewehr, keinen Säbel?...»

«Eine mächtigere Waffe hat er gehabt als Säbel und Gewehr. Die geweihte Hand hat er erhoben und das heilige Zeichen des Kreuzes gemacht.»

«Über den Wolf?»

«Du sagst es. Und das böse, ingrimmige Tier stand still, schloß den Rachen, senkte den Kopf und rührte sich nicht. Der Heilige aber sprach: ‹Komm näher, Bruder Wolf!›»

«Bruder?»

«So ist es uns überliefert. Und weiter sprach der Heilige: ‹Höre, Bruder Wolf, ich verbiete dir, einem Menschen, einem Geschöpfe Gottes, weh zu tun. Versteht mich mein Bruder?› Da konnte man sehen, daß ihn der Wolf verstanden hatte, denn er nickte mit seinem Kopfe, kam ganz nahe heran und legte sich demütig dem Heiligen zu Füßen. ‹Wolf›, sagte nun Franziskus von Assisi, ‹du hast schon viel Schaden angerichtet, viel Unglück in die Welt gebracht; der ganze Ort ist dir feindlich gesinnt.›»

Bei diesen Worten sah der Priester den schuldbeladenen Edinek fest und bedeutungsvoll an, und dieser blickte, vor Verlegenheit schielend, zur Seite und murmelte: «Nur die Männer.»

«'Aber ich will Frieden stiften zwischen ihnen und dir. Sie sollen dir alles Üble, das du ihnen zufügtest, verzeihen, und du sollst ihnen nichts Übles mehr zufügen.' Wieder nickte der Wolf, so zustimmend er nur konnte, und der Heilige hielt ihm die Rechte hin: ‹Wenn du's zufrieden bist, Bruder, dann versprich mir's in die Hand.› Und der Wolf hob die Pfote und legte sie in die Rechte des Heiligen, zutraulich und fromm und mit einem Nachdruck, wie ein solches Tier es nur irgend tun kann. So hat der Wolf sein Wort gegeben, und als der Heilige in die Stadt zurück ging, folgte ihm der Wolf wie ein guter Hund. Und hat sein Wort gehalten, hat seine wilde Natur bezwungen und hat sein Wort gehalten. Er ist ein Freund der Bewohner von Gubbio geworden, aus und ein gegangen in ihren Häusern, nirgends mehr gefürchtet und überall willkommen.»

Edinek war immer röter und verlegener geworden. «Wohl, jawohl», versetzte er zagend. «Es war halt ein Wunder.»

«Es ist eine Legende, und ich denke mir die Stadt wie das Himmelreich und den Wolf wie den reuigen Sünder, den der Heilige dahin zurückführt.»

«Es war halt doch ein Wunder», wiederholte Edinek; «ein Heiliger hat ein Wunder getan.»

Aber es sprachen nur seine Lippen, ganz anders sprach sein Herz. Das schwoll und klopfte in starken Schlägen:

Ist der Mann, vor dem du stehst, nicht auch ein Heiliger? Lebt er nicht wie in einem gläsernen Hause? Wissen die Bewohner des Dorfes nicht alles von ihm? Hat er je etwas getan, das eines Heiligen unwürdig gewesen wäre? Nie, niemals!...

Er ist ein Heiliger, und wie zu einem Heiligen kann man zu ihm beten!

Überzeugt und ergriffen trat er näher an den Geistlichen heran, kniete nieder, hob die Augen tränenfeucht zu ihm empor und fragte:

«Möchten mir nicht die Hand reichen, damit ich meine Pfote hineinlegen kann?»

«Und mir Besserung versprechen?» Den Mund Emanuels umspielte das gewohnte, mild überlegene Lächeln.

«Ja! ja! ja! O nicht nur versprechen, Wort halten, wahr und gewiß, wenn nur Hochwürden die Gnade hätte, die große, unendliche Gnade – ein Wunder zu tun!»

«Hoffnungslos!» murmelte Pater Emanuel und befahl ihm, aufzustehen. «Das Wunder kannst nur du selbst an dir vollbringen», sagte er, «und sollst damit gleich anfangen, indem du dich einer Strafe unterwirfst. Ohne die kommst du mir dieses Mal nicht durch.»

«N-icht?» Edinek fand, daß er in dem Fall schlimmer dran sei als der Wolf, machte aber keine Einwendung, sondern verbeugte sich still und ergeben.

«Ich befehle dir, von morgen an bis zu Allerheiligen statt des Mesners, der krank war und dem es noch schwer wird, seinen ganzen Dienst zu tun, die Kirche täglich am Morgen aufzusperren und zu säubern. Um vier Uhr an Werktagen, um fünf Uhr an Sonn- und Feiertagen. Morgen, Sonntag, also um fünf. Um acht Uhr ist Hochamt; vorher werde ich die Beichte hören.»

Abermals verbeugte sich Edinek und versprach, daß der hochwürdige Herr alles in bester Ordnung finden werde.

Ja, im Versprechen und im Fassen von Vorsätzen ist der Mensch ein Meister. Pater Emanuel musterte die dürftige Kleidung, die er trug, der Mensch, und mochte nicht fragen, wohin der neue Anzug gekommen sei, den Monika ihm erst kürzlich hatte machen lassen. Er wußte ja: verspielt im Wirtshaus, beim Handelsmann eingetauscht gegen ein Kopftuch, ein Ringlein für die Geliebte, die eben an der Reihe war. Aber gleichviel, so kläglich ausgestattet konnte man ihn den Kirchendienst in der vorgeschrittenen Jahreszeit unmöglich versehen lassen.

Was tun? Ein Blick in die Brieftasche hatte den Geistlichen überzeugt, daß da nichts zu holen sei. So begab er sich denn zum Kleiderschrank und entnahm ihm eine warme Soutane, die er dem eben zur Strafe und Buße Verurteilten reichte.

«Der Schneider soll dir daraus einen Winterrock machen und mir die Rechnung schicken.»

Nein, das war zuviel der Gnade, und so tief ergriffen und gerührt hatte sich Edinek noch nie gefühlt. Seine Beredsamkeit ließ ihn im Stiche, sogar sein Atem war beklommen. Er zog die Hand Emanuels an die Lippen und bedeckte sie mit Küssen, von denen jeder einen feurigen guten Vorsatz bedeutete.

Seine Wohnung befand sich am Ende des Dorfes in dem halb verfallenen Häuschen einer alten Witwe. Auf dem Wege dahin traf er einige Bekannte. Sie luden ihn ins Wirtshaus zum Kartenspiel und wollten ihn, als er ablehnte, mit Gewalt fortreißen. Es setzte eine regelrechte Prügelei, die erfrischend auf ihn wirkte. Als Sieger über die Versucher und die Versuchung betrat er seine kleine Stube. Da war es schon recht finster; er entfachte das Petroleumlämpchen, entfaltete und betrachtete die Soutane. Wirklich, sie sah dem hochwürdigen Herrn ähnlich, sie war so gediegen, ernst und weich wie er selbst; kein anderer als er konnte sie getragen haben. Edinek legte sie, als er in seine mit Stroh gefüllte Bettlade zur Ruhe ging, dicht neben sich und atmete wohlig den leisen Weihrauchduft ein, den sie ausströmte. Den Kirchenschlüssel hatte er, damit alles Heilige beisammenblieb, in ihre Tasche gesteckt. Er betete andachtsvoll, schlief gut, erwachte rechtzeitig.

Als er beim Schein seiner Laterne ins Freie trat, heulte der Sturmwind ihm eisig entgegen; einzelne große Schneeflocken wirbelten in der Luft herum, zerschmolzen ihm auf dem Gesichte. Den Herbstmorgen durchschauerte eine Anwandlung von winterlichem Froste; es war der richtige Moment, einen Bußgang anzutreten.

Zehn Schritt vom Hause blieb der reuige Sünder plötzlich stehen und schlug sich vor den Kopf. Er hatte den Kirchenschlüssel liegenlassen...

Eiligst umkehren denn, ihn hervorholen aus der Tasche der Soutane...

Und nun hielt er sie in Händen, bewunderte sie und gedachte der gütigen Absicht, in der der Pfarrer sie ihm geschenkt hatte. Ihr jetzt schon Ehre zu machen, konnte das eine Sünde sein? Er überlegte, beantwortete die Frage verneinend und zog den Priesterrock über seine Kleider.

So angetan begab er sich wieder auf den Weg. O wie war ihm jetzt! Wie breiteten die langen Ärmel sich schützend über seine Hände! Wie angenehm wärmend umschlenkerte das lange Gewand ihm die Beine!

Und wie man sich in so einer Soutane fühlt, als ein ganz anderer, ein Vornehmer, als ein Kirchendiener und mehr – beinah als ein Kaplan.

Die Turmuhr schlug fünf, als er anfing, mit Besen und Wischtuch in der Kirche zu hantieren. Es geschah beim Schein einiger Lichtstümpfchen, die er da und dort aufsteckte. Aber bald herrschte eine große Sauberkeit. So nett hatte es in der Kirche schon lange nicht mehr ausgesehen. Freilich, der Mesner ist alt; es wäre Zeit, daß er sich zur Ruhe setzte. Edinek könnte seine Stelle erhalten und dann auch einen Dienst im Pfarrhofe, als Wirtschafter, als Gärtner; das Fräulein sagte erst neulich wieder: «Eine gute Hand für Blumen, die hat der Nichtsnutz!»

Ja, wenn er in die Pfarrei kommen könnte später, wenn die Anna verheiratet sein wird, denn früher nehmen sie ihn nicht... Leider! Sie geht ihm nicht aus dem Sinn, die Anna; er muß sehr oft an sie denken und an den ihr geraubten Kuß, aber auch an den Wolf, an dem er sich ein Beispiel nehmen soll – und wird!

Er war mit der Arbeit fertig, hatte zuletzt noch den Beichtstuhl abgestaubt und ließ sich nun darin nieder, um seinen Gedanken bequemer nachzuhängen. Doch vergingen sie ihm im leichten Schlummer, in den er verfiel. Das Geräusch schlürfender Schritte weckte ihn; mehrere Personen waren durch die geöffnete Kirchentür eingetreten. Die Beichtkinder, die der Herr Pfarrer erwartete... Wäre eine schöne Geschichte, wenn ihn die sähen im Priesterkleide. Jetzt heißt es sich davonmachen im Schutz der Dunkelheit, längs der Wand, am Altar vorüber, in die Sakristei... Er steht auf – aber Himmel! da kniet schon jemand im Beichtstuhl vor dem Gitter...

Edinek, ganz erschrocken, hält die Hand vors Gesicht und murmelt mit leiser, verstellter Stimme: «Mach sie oder er, wer's ist, daß er oder sie fortkommt, jetzt wird noch nicht Beicht gehört.»

Seine Worte blieben unverstanden und wurden gänzlich mißdeutet. Er hatte sie kaum ausgesprochen, als das Beichtkind sein Bekenntnis abzulegen begann. Und nun spitzte er die Ohren. Wer da vor ihm kniete, war niemand anders als die Cibulka, die alte Diebin, die sich schon so oft an pfarrherrlichem Eigentum vergriffen, die er nie hatte «stellen» können und die sich ihm nun selbst in die Hände lieferte. Sie hat sich im Beginn, gleichsam einleitend, allerlei kleiner Vergehen ohne Stocken angeklagt; aber jetzt kommt es zögernd und stotternd heraus, daß sie gestohlen hat.

Edinek konnte ein «Aha!» nicht unterdrücken, dämpfte aber dessen triumphierenden Ton durch ein kräftiges Räuspern.

«Also gestohlen – und was denn?»

«Dem Schullehrer aus dem Garten zwei Gurken.»

«Nur zwei?»

«Nur zwei große.»

«Die kleinen hat sie nicht gezählt, waren ihrer zu viele. Was weiter?»

«Dem Herrn Vorsteher ein Bündel Reisig aus der Holzlage.»

«Für die Scheite könnt Ihr nichts, die sind von selbst mitgegangen. Was weiter?»

«Dem Kaufmann aus dem Laden eine Handvoll Reis.»

«Wird eine tüchtige Hand gewesen sein, die Ihr Euch an dem Tag habt wachsen lassen. Was weiter?»

Jetzt kam's! Jetzt endlich war es da: «Vom Feld des hochwürdigen Herrn Pfarrers drei Säck.»

Gibt es einen jubelvollen Grimm? Ja, denn Edinek empfand ihn. «Pagasch!» sprach er, aber so leise, daß die Cibulka es unmöglich gehört haben konnte, und er setzte befehlend hinzu: «Zurücktragen die Säck, gleich zurücktragen! Verstanden?»

«Herr Jesus! Allerheiligste Muttergottes, ich hab sie nicht mehr.»

«So, so! Was angefangen damit?»

«Dem Juden verkauft.»

«Und das Geld vertan, verpraßt!...»

«Gott im Himmel, verpraßt – ich arme Witwe mit drei Kindern.»

«Saubere Kinder! geraten alle ihr nach. Lassen keine Kirsche rot werden am Baum, fressen alle schon grün auf. Diebsgesindel!»

«Herr Jesus!» Die Cibulka war in sich zusammengesunken zu einem Häufchen, aus dem heraus es wimmerte: «So streng sind der hochwürdige Herr nie mit mir gewesen!»

Die Mahnung kam sehr zurecht, bei einem Haar hätte der Pseudobeichtvater sich verraten. Er nahm sich zusammen und moderierte die Ausdrücke seiner Entrüstung. An Salbung fehlte es ihnen aber durchaus, und die Anzahl der Bußgebete, die er der armen Sünderin aufgab, war außerordentlich. Dann murmelte er etwas, das einer Lossprechung gleichen sollte, und befahl:

«Fort! zurück zum Seitenaltar dort. Ihre Buß abbeten!»

Sie schlich unter tiefen Verbeugungen davon, und zum Entsetzen Edineks schlug die Uhr drei Viertel auf sechs. Auch begann es heller zu werden. Hohe Zeit zum Rückzug; er erhob sich. Aber Himmel! da kniete schon eine zweite im Beichtstuhl, und die erkannte er sogleich. Es war die Rusalkova, deretwegen ihm das Fräulein eine scharfe Zurechtweisung erteilt hatte. Über die mußte er ins reine kommen, die Versuchung war zu groß. Seinen Platz wieder einnehmend, begann er rasch und leise:

«Dominus sit in corde tuo...» und bebte dabei vor Aufregung und schwerer Besorgnis.

Die Rusalkova bekannte redlich ihre unredlichen Taten, und er zählte die Minuten, fieberte vor Ungeduld, fiel ihr alle Augenblicke ins Wort: «Weiß schon! Geklatscht, verleumdet, den Mann ausgeschimpft, weiß schon... Und sich an fremdem Eigentum vergriffen – was? Nicht auch gestohlen – nein? Ein paar Hendeln zum Beispiel?»

Die Rusalkova stutzte; so offenbar zornig waren Hochwürden nie gewesen, und sie, verwöhnt durch seine Güte und frech von Natur, bäumte sich auf und sagte trotzig:

«Ein paar armselige Hendeln.»

«Armselig? Hendeln aus der Pfarrei – geistliche Hendeln armselig? Zurücktragen! Hört Ihr? Um Verzeihung bitten – zurücktragen – augenblicklich!»

«Wüßt nicht wie», erwiderte das Weib, in Tränen, aber mehr des Grolles als der Reue, ausbrechend; «wir waren hungrig, wir haben sie gegessen.»

«Pag...», die zweite Silbe blieb ihm in der Kehle stecken... Dreiviertel vorbei! schlug's in seinem Kopfe, klopfte wie mit Hämmern. Dreiviertel vorbei!... Ihm war, als sträubten sich seine Haare vor

Angst und Bangigkeit. Jeden Augenblick konnte der Herr Pfarrer da sein, ihn antreffen bei Ausübung eines frevelhaft angemaßten Amtes... Kalten Schweiß auf der Stirn, mit so viel Atem wie ein Gewürgter, brummte er in Hast einige Worte, die mehr einer Beschimpfung als einer Ermahnung glichen, und entließ die Diebin mit der Weisung, ihre Bußgebete: fünfzehn Vaterunser, fünfzehn Ave Maria, den Rosenkranz, am selben Altar abzubeten wie die Cibulka.

«Die richtige Buße kommt nach, du Diebin, die erteil ich dir eigenhändig», setzte er unverständlich murmelnd hinzu, und die Rusalkova, die sich für absolviert hielt, verließ den Beichtstuhl. Eine dritte Bußfertige nahm sogleich ihre Stelle ein. Aber Edinek war schon aufgestanden. «Warten!» flüsterte er, ohne auch nur einen Blick durchs Gitter zu tun. Zur Seite gedreht, den Anwesenden – es waren ihrer noch wenige – den Rücken zukehrend, schleifte er quer durch die halbe Kirche, umging nach tiefer Kniebeugung den Altar und befand sich in der Sakristei.

Es war gerade noch Zeit, hinter den großen Schrank mit den Meßgewändern zu schlüpfen, den man der Feuchtigkeit wegen etwas weggeschoben hatte von der Mauer.

Die Turmuhr hob aus zum sechsten Schlag, der geistliche Herr trat ein und ging geradenwegs in die Kirche. Nun entledigte Edinek sich der Soutane und verbarg sie, sorgsam zusammengelegt, hinter dem Schranke. Dann ging er ins Freie. Die Luft war feucht und schwer, der Himmel trostlos grau.

Der alte Mesner hatte sich schon eingefunden und die Glocke, die zur Kirche rief, in Bewegung gesetzt. Von verschiedenen Seiten kamen Leute herbei, nicht lange und das Gotteshaus wird gefüllt sein.

Dem Edinek ist ganz kurios zumute. Eigentlich ist ihm, als ob er davonlaufen sollte. Aber statt dessen kehrt er zurück in die Kirche, bleibt unfern vom Eingange stehen und späht nach seinen Beichtkindern aus. Sie knien, noch eifrig betend, vor dem Seitenaltare. Er lächelt boshaft und denkt: Kanaillen!

Der Herr Pfarrer hat den Beichtstuhl verlassen; bald kommt er wieder, und die Predigt beginnt.

Neben Edinek entstand eine kleine Bewegung, die Leute rückten zusammen, machten Platz; die imposante Gestalt des Fräuleins schritt durch die Menge, der Bank ganz vorne neben dem Altare zu.

Mit geneigtem Kopf, mit gesenkten Augen folgte ihr Anna. Die jungen Burschen stießen und zwinkerten einander an, sahen dem schönen Mädchen nach. Gar zu gern hätte ihnen Edinek zugeraunt: «Zwinkert nur – ich, ich habe sie geküßt!... Das war, das war, ihr Tröpfe, als wenn ich meinen glücklichen Mund auf eine rote, volle, frische Rosenknospe gedrückt hätte!»

Wenige Minuten nur, und der hochwürdige Herr stand auf der Kanzel, begann seine Predigt mit der Auslegung der Epistel und des Evangeliums am einundzwanzigsten Sonntag nach Pfingsten, erklärte, was gemeint sei mit den Worten der Schrift: «Denn wir haben nicht nur zu kämpfen wider Fleisch und Blut, sondern wider die Oberherrschaft und Mächte, wider die Geister der Bosheit in der Luft...»

Den Worten vermochte Edinek nicht zu folgen, er erwog sie kaum; was ihn tief und mächtig ergriff, war der Anblick des Heiligen dort oben auf der Kanzel, der war's! Er! Er! In seinem priesterlichen Ernst, durchleuchtet vom Geist seiner gütevollen Weisheit und einer Liebe, die, einem unerschöpflichen Borne entquollen, niedertaute über das mühsal- und schuldbeladene Menschenvolk zu seinen Füßen. Göttlich erschien er ihm und verdammenswert das Verbrechen, in eines seiner Rechte einzugreifen.

Und von ihm war es begangen worden in frevelhaftem Übermut – von ihm, dem Sünder, dem Wolf!

Das Bewußtsein seiner Schuld fiel ihm klar und fürchterlich aufs Herz. Und mit einem Male kamen auch die Gedanken an ihre Folgen angestürmt. Maßlos vergrößert durch Angst und Gewissensbisse, erhoben sie sich dräuend vor ihm, jagten ihn fort, fort, trieben ihn zur Flucht.

Scheu und hastig stahl er sich hinweg, schritt längs der Kirche, längs des Pfarrhofgartens dem Dorfe zu... Aber nun fiel ihm ein, daß er die Soutane in der Sakristei liegengelassen hatte, in einem feuchten Winkel, wo sie verschimmeln würde. Ihn jammerte des letzten Geschenkes, das er vom hochwürdigen Herrn empfangen hatte, des schönen, lieben!... Weit und breit war niemand zu sehen; er durfte wagen, zurückzueilen und die Soutane hervorzuholen aus ihrem Versteck. Fest an seine Brust gepreßt, trug er sie durch den immer unverschlossenen Garten der Pfarrei, durch den Gang, dessen Halbdunkel ihm so verhängnisvoll geworden war, und legte sie auf die Schwelle der Zimmertür Seiner Hochwürden. Hochwürden sollte sicher sein können, daß kein Mißbrauch mehr mit ihr getrieben werde.

Und nun eiligen Schrittes durchs Dorf, verfolgt von quälenden Vorstellungen... Eine Viertelstunde noch, und der Herr Pfarrer tritt an den Altar, eine halbe Stunde, und die Wandlung kommt und die heilige Kommunion, und vor dem Geistlichen knien fünf Kommunikantinnen, und nur dreien hat er die Absolution erteilt. Es wird gefragt, geantwortet – da ist's geschehen. Die Sünderinnen sind fortgewiesen vom Tische des Herrn, ungespeist, zu Tode beschämt... Sie werden ihm fluchen, die Weiber, der ganze Ort wird ihn bitterer hassen, als die Bewohner der Stadt, deren Namen er vergessen hat, den Wolf gehaßt haben... Seine Phantasie, sonst eine eingefleischte Schönfärberin, führt ihm heute nur düstere Bilder vor. Verklagen werden sie ihn. Religionsstörung wird es heißen – und darauf steht der Kerker...

Im Dorfe ist es still und leer. Nur hie und da guckt aus einem Fensterchen ein altes, runzeliges Gesicht. Müde, Gebrechliche, die sich nicht mehr zur Kirche schleppen können. Aus einer Haustür kommt eine geballte Faust zum Vorschein, und eine zittrige Stimme kreischt:

«Is die heilige Mess' schon vorbei? Oder haben's den Teufel ausgetrieben?»

Es folgt keine der kecken und lustigen Antworten, die man gewohnt ist, von Edinek zu hören. Er hastet stumm seiner Wohnung entgegen, langt bei der Hütte an, die ihn heute zum letzten Male beherbergte und die ihn zum ersten Male zutraulich anmutet.

Seine wenigen Habseligkeiten waren bald zu einem Bündel zusammengeschnürt. Obenauf schnallte er die Violine und wanderte fort mit seiner leichten Bürde auf dem Rücken.

Sein Zukunftsplan reifte, während er ihn auszuführen begann. Über die Grenze ging es nach Ungarn. Der Weg war ihm bekannt; er hatte in manchen der umliegenden Ortschaften Abenteuer der verschiedensten Art erlebt. In Ungarn fanden die Verfolger, die sie ihm gewiß nachschicken würden, ihn nicht so leicht. Da mochte er ihm nachlaufen, der Gendarm Pietienak, der den großen Haß auf ihn hat wegen seines Lümmels von Sohn, über den sich keiner traute und den Edinek neulich so arg verprügelte.

Der Sturm gab sich Ruhe, der Himmel war reingefegt, sah beinahe freundlich aus und schien geneigt, der Mutter Sonne einen Blick auf ihr geliebtes Kind Erde zu gönnen.

Nach einigen Stunden rüstigen Vorwärtsschreitens war Edinek auf eine Anhöhe gelangt, von der aus man fern ins Land sehen konnte. Adje, stolzer Javornik! Adje, blaue Berge, die in weitem Halbkreis die Heimat umsäumen. In Ungarn, sagen die Leute, gibt's keine Berge, nur Steppen, Felder, unabsehbar groß, und reiche, reiche Magnaten. Bei so einem – das ist sein Plan – will er in Dienst treten, als Gartengehilfe, oder als Knecht, oder vielleicht kommt er in den Stall als Pferdewärter. Und bald werden sie staunen, was für ein Arbeiter er sein kann, wenn er will. Und wenn er sich recht ausgezeichnet haben wird, dann geht er zurück zum Herrn Pfarrer und sagt: «Sehen Hochwürden, es ist doch etwas aus mir geworden, und jetzt bitt ich um Verzeihung und bitt um meine Soutane.»

Seine guten Gedanken erfrischten ihn, gaben ihm Kräfte zu fröhlichem Weiterwandern trotz des quälenden Hungers, der sich schon vor einer Weile eingestellt hatte.

Am Nachmittag kam er in ein großes Dorf. Mittendrin, auf dem Platze, erhob sich sehr stattlich das Wirtshaus. In reifer Schönheit prangend, stand die Wirtin vor der Tür, das Schlüsselbund am Gürtel, einen Zipfel der schneeweißen Schürze aufgerafft.

Edinek trat auf sie zu, grüßte höflich und behielt den Hut in der Hand. «Frau Wirtin, ich habe großen Hunger und nicht das kleinste Geld.»

Sie maß den Wanderjüngling im dünnen rostfarbigen Röcklein: «Man sieht ihm beides an, und daß er ein Fallot ist, obendrein.»

«Da irrt sich die Frau Wirtin, das bin ich nicht.» Er funkelte sie strafend an mit seinen Feueraugen; seine Lippen verzogen sich wie die eines schmollenden Kindes, und er wollte fort ohne Gruß.

Die Wirtin hielt ihn zurück: «Mach er keine Geschichten. Ein Stück Brot werde ich für ihn noch übrig haben.»

Sogleich kam sein Groll zu Falle, und der Übermut stieg auf: «Trockenes? Da drin», er deutete auf seine Kehle, «ist's auch nicht sehr feucht.»

Sie lachte und trat ins Haus. Edinek folgte ihr und saß bald darauf in der geräumigen Wirtsstube vor einer Schüssel mit Suppe, in der zwei gewaltige Knödel schwammen.

In dem Raume, der ihm angewiesen worden, zeigten sich Vorbereitungen zu einem Feste. Der Boden war frisch gescheuert, an den Wänden und über den Türen waren Girlanden aus Reisig und Papierblumen angebracht. Der ungebetene Gast war mit seiner Mahlzeit noch nicht fertig, als die Frau Wirtin erschien, mit einem Pack Leinenzeug unter dem Arme.

Edinek sprang auf: «Kann ich helfen?»

«Bleib er sitzen, schau er, daß er fertig wird, und dann troll er sich. Wir haben viel zu tun.»

«So, was gibt's denn?»

«Einen Hochzeitsschmaus. Zwei Reiche heiraten.»

«Na ja! Wo Tauben sind... Ich krieg keine Reiche, Frau Wirtin.»

Wenn sich nicht eine in deine hübschen Augen vergafft, du Spitzbub, dachte sie, und er, mit seiner unfehlbaren Kunst, Weibergedanken zu lesen, wurde schleunigst galant.

«Das kann ich nicht sehen, daß sich die Gnädige so abschleppt!» rief er und nahm ihr trotz ihres Sträubens das Tischzeug ab.

«Wohin damit?»

«Erst müssen die Tische zusammengerückt werden. Warte er, mach sich nicht wichtig und esse weiter.»

Er setzte sich wieder vor seine Suppe hin, und die Frau verließ das Zimmer, um einen Stoß Teller zu holen, den sie bald darauf hereinbrachte.

Edinek hatte eben den letzten Bissen mit dem selben Vergnügen wie den ersten verzehrt. «Das war gut!» rief er, «und ich danke auch schön!» Und eh die Wirtin sich's versah, war er auf sie zugelaufen und hatte ihr einen derben Kuß auf den Mund versetzt. Sie tat sehr entrüstet; von den vielen Tellern, die sie trug, fiel aber keiner auf den Boden. Mit sicheren Händen hielt sie alle fest, stellte sie auf die Anrichte und sprach:

«Er ist ein unverschämter Kerl. Ich möchte nur wissen, woher er kommt; muß eine kuriose Gegend sein, wo's in der Mod is, den Leuten nur so um den Hals zu fallen.»

«Es ist eine schöne Mod und eine schöne Gegend, Frau Wirtin, und ein Heiliger lebt dort.» Den letzten Satz sprach er ganz wehmütig.

«Der Heilige wird sich wohl nicht viel mit ihm abgegeben haben?»

«Doch, doch...! Aber jetzt an die Arbeit! Wie soll ich die Tische stellen?»

Sie gab an, half mit; alles ging rasch vonstatten. Eine große Tafel in Hufeisenform war bald sauber gedeckt. Die Mägde hatten Glas und Eßzeug gebracht, die Wirtin und Edinek legten alles an den rechten Platz; er sprach und scherzte in einem fort, fragte auch:

«Unter anderm: Gibt's denn hier keinen Wirt?»

«'s gibt ihn schon, nur daß er jetzt in Ungarn is und Vieh einkauft.»

«In Ungarn? So, so, dahin bin ich grad auf dem Weg. Vielleicht treff ich ihn und kann ihm einen Gruß ausrichten von der Frau Wirtin.»

«Richtig, er is der Bote, auf den ich gewartet hab! Also mach er, daß er fortkommt.»

«Noch nicht; mir gefällt's da bei ihr; und meinen Dank muß ich auch noch abtragen für das gute Frühstück.»

«Den schenk ich ihm, den kann er für sich behalten, seinen Dank. Hört er?»

«Warum will die Frau Wirtin mir die Kränkung antun?» fragte er mit so kläglicher Miene und in so jämmerlichem Tone, daß sie laut auflachen mußte.

Nun hatte er gewonnenes Spiel, ließ seinem Übermut die Zügel schießen und brachte Späße der verschiedensten Qualität in Hülle und Fülle vor. Es sprühte nicht nur, es qualmte auch.

Die Wirtin, keineswegs zimperlich, lachte um so herzhafter, je derber seine Witze wurden, und er, geschmeichelt durch diesen Erfolg, schenkte ihr bald sein ganzes Vertrauen. Sie erfuhr, daß er auf dem Wege nach Ungarn sei, wo er Gärtner bei einem Magnaten werden wolle, oder – eben überlegte er sich's -, oder vielleicht Primas einer Zigeunerbande. Auch daß er sein Dorf vorsichtshalber verlassen habe, teilte er ihr mit und gab die Szene im Beichtstuhl zum besten. Er dramatisierte sie sogar. Er stellte, in komischer Abwechslung sich sitzend, die Diebinnen kniend, die eine zerknirscht, die andere frech dar, er stöhnte, winselte, widerbellte mit ihren alten Stimmen, machte die Gesichter, die sie schnitten, und ihre Gebärden nach. Die Wirtin war ein dankbares Publikum, hielt sich die Seiten, wand sich vor Lachen und stieß unter Schreien und Kreischen hervor:

«Hör er auf! – Hör er gleich auf – ich platze!»

Aber je mehr sie kreischte, je toller trieb er's, und zuletzt gab es solchen Lärm, daß ein Knecht und zwei Mägde kamen, um zu fragen, was denn los sei bei der Frau Wirtin.

Sie versicherte, daß ihr nichts fehle, sie habe nur unbändig lachen müssen über den Narren da; und sie versetzte ihm unter neuen Kontorsionen einen fast zärtlichen Backenstreich.

Edineks Eitelkeit war geschmeichelt; er brannte darauf, neue Lorbeeren einzuheimsen. Ja, die Leute zum Lachen zu bringen verstehe er, habe seine Kunst erst neulich bei einem Hochzeitsschmause ausgeübt, er würde sie auch hier gern zeigen, wenn es der Frau Wirtin recht wäre.

Es war ihr recht, und er flüsterte ihr zu: «Mesner und Beichtvater in der Früh, am Abend Lustigmacher, das ist ein Leben! Das paßt mir!»

Eine Wandertruppe, die vor längerer Zeit im Dorfhotel Station gemacht, hatte an Zahlungsstatt einige alte Anzüge dagelassen. Er durfte darunter wählen, was ihm für die Gelegenheit passend schien, und entschied sich für einen blauen Frack mit Messingknöpfen, eine weiße Hose und eine hohe Krawatte mit Vatermördern. Sein bloßer Anblick erweckte Heiterkeit. Die Kleider waren zu weit für ihn und umschlotterten seine schlanke Jünglingsgestalt, die langen Frackschöße flogen wie Fahnen hinter ihm her, und wie zwischen zwei Lanzen blühte sein feines, rosiges Gesicht zwischen den spitzigen Vatermördern hervor, seine Geige hielt er unbeholfen im Arme und schien ratlos, was mit einem solchen Ding anzufangen sei.

Die Gesellschaft hatte den hergelaufenen Possenreißer mißtrauisch und verächtlich begrüßt; aber die bärbeißigen Gesichter verwandelten sich in heitere, als er damit begann, einen desperaten Musikanten darzustellen, der einen Hochzeitsmarsch aufspielen soll und, eingeschüchtert durch den Anblick der imponierenden Gesellschaft, seinem Instrumente schrille Gickser und katzenjämmerliches Miauen entlockte. Plötzlich aber setzte er die Fiedel fester an, schwang den Bogen und strich mit wilder Sicherheit über die Saiten. Der Musikant hatte seine Kunst wiedergefunden und ließ eine jauchzende, hinreißend fröhliche Weise erklingen. Als Gegenwirkung der Angst und Pein, die er am Morgen ausgestanden hatte, überkam ihn eine elementare, eine tolle Lustigkeit und weckte bald lauten Widerhall. Die nie versagende Dankbarkeit für den Komiker stellte sich ein, er durfte am Tische Platz nehmen, mitessen und mittrinken. Als der Tanz anging, erlitt er den Genuß, die Frau Wirtin einige Male durch das Lokal zu rollen, und erholte sich von der Auszeichnung bei der Polka mit jungen, hübschen Mädchen.

Der Tag graute, das Fest war noch nicht zu Ende, aber die Hausherrin mahnte ihn fürsorglich:

«Jetzt mach er sich aus dem Staub, er hat noch gute zwei Stunden zu laufen bis zur Grenze.»

Sie steckte ihm einige Nahrungsmittel zu, gab ihm etwas Geld und hätte ihm auch den Raub eines zweiten Kusses verziehen, wenn ihm darum zu tun gewesen wäre. Er aber war kein Freund von Wiederholungen und stattete seinen Dank platonisch ab.

Nachdem er sich am Brunnen gewaschen und nachdem er seine eigenen Kleider wieder angezogen hatte, trat er die Wanderung ins

Ausland Ungarn an. Eine herrliche Zuversicht erfüllte ihn, ein köstlicher Glaube an sein gutes Glück, seinen guten Stern. Wie war es ihm jetzt wieder ergangen! Konnte er sich's besser wünschen? Als hungriger Habenichts zu wildfremden Menschen kommen, ihnen etwas vorfiedeln, ein bißchen lustig sein und nach ein paar Stunden satt, belobt und beschenkt weiterziehen – versuch ein anderer, ob ihm das gelingt!

Juchhe! Also vorwärts, hinaus in die Welt! Ihm kann's nicht fehlen, er musiziert sich durch bis zu dem Magnaten, auf den er fahndet. Der wird sich wundern, was für einen tüchtigen Arbeiter er an ihm gewonnen hat, und ihn auch reich belohnen; sie sind großmütig, so heißt es, die Magnaten.

Nur daß ihm der Teufel das Spiel nicht verderbe... Hüte dich, Teufel! Edinek faßte von neuem die besten Vorsätze und wehrte sich eine Zeitlang tapfer gegen den Schlaf, der ihn bei dieser Beschäftigung überfiel.

Der Weg führte ihn an einem Kruzifix vorbei, das am Rain zwischen vier Pappeln auf steinerner Stufe stand. Dort kniete er nieder zum Morgengebet. Aber bald verschwammen seine Gedanken, und an das Holz des Kreuzes gelehnt, unter den ausgebreiteten Armen einer göttlichen Liebe, schlief er ein.

Das war wonnig; es kamen alsbald auch Träume in holden Scharen, fein wie feinste Düfte, durchsichtig wie dünnste Schleier. Er stand mitten unter Blumenbeeten; unabsehbar breiteten sie sich, und alle hatte er bepflanzt, gepflegt, gezogen. Er war stolz auf sein Werk, und der Magnat war so entzückt, daß er ihn bat, sein Schwiegersohn zu werden... Der gute Magnat... Jetzt faßte er ihn an der Hand – und rüttelte ihn... o! o! warum so derb? Das geht über den Traum und verjagt ihn. Edinek erwacht. Das bärtige Gesicht, das sich über das seine beugt, ist nicht das des guten Magnaten, sondern das seines gefürchteten grimmigen Verfolgers, des Gendarmen Pietienak.

Edinek glotzte ihn an mit den erschrockenen Augen eines plötzlich aus dem Schlafe gewecktes Kindes. Bei einem Haar wäre er in heiße Tränen ausgebrochen. So aus dem schönsten Traum gerissen zu werden! Aus den Armen einer Magnatentochter durch die rauhen Fäuste eines Stöckelknechtes!... Wie schadenfroh der grinste, wie er die Gelegenheit begrüßte, Rache zu nehmen für den zerdroschenen Sohn! Edineks Rührung verwandelte sich in Wut; er sprang auf, führte einen kräftigen Faustschlag ins Gesicht des Gendarmen und wandte sich zur Flucht. Doch war er eingeholt, ehe er sich's versah, und trotz der wildesten Gegenwehr von dem viel stärkeren Manne niedergerungen.

Aus dem beiderseits in Grimm und Haß geführten Kampfe ging die obrigkeitliche Person mit geschwollener Nase und zerrissener Uniform hervor, Edinek zwar unverletzt, aber als ein Gefangener.

Die letzte Untat der Teufelsbrut brachte im Dorf eine unerhörte Aufregung hervor. Nun lag's am Tage: Hexerei trieb der Sohn des Satans. Manche Mutter hatte längst behauptet: ohne Teufelskünste hätte er meine unschuldige Tochter nicht verführt; manche Väter schwiegen schon dazu, wenn ihre Frauen behaupteten, ohne Hilfe übernatürlicher, böser Mächte hätte der Verführer nimmer vermocht, ihre braven, soliden Söhne in Taugenichtse zu verwandeln. – Und jetzt erklärten sich die Cibulka und die Rusalkova bereit, vor Gericht aufs Kruzifix zu schwören, daß die Teufelsbrut ihnen in Gestalt des hochwürdigen Herrn Pfarrers erschienen sei und auch seine Stimme angenommen habe. Freilich, was er mit dieser Stimme gesprochen, war nicht im Einklang mit der apostolischen Milde des gütigen Priesters, sondern viel eher eine Eingebung des Teufels.

Ein Schrei, nach Rache mehr noch als nach Strafe, übertönte die Beschwichtigungen der Gemäßigten, das leise Lachen der Humoristen. Dem Herrn Pfarrer wurde es übel vermerkt, daß er einigen allzu sinnlosen Verleumdungen voll Entrüstung entgegentrat. Er büßte damit sogar einen Teil seiner Popularität in der Gemeinde ein.

Mit leidenschaftlicher Spannung wurde der Urteilsspruch über den Verbrecher erwartet. Er befand sich in Untersuchungshaft in der Kreishauptstadt. Wer sich dahin begab in Prozeßangelegenheiten zu einem Rechtsfreund, suchte ihn auszuholen und wenigstens einen Zipfel des Schleiers zu heben, der Edineks Zukunft noch verhüllte. Die Übelwollenden meinten, das Schlechteste hoffen zu dürfen. Für den üblen Leumund des Sträflings hatten die Zeugenaussagen gesorgt, und seine Vergehungen gehörten, Gott sei Dank, zu denen, die von der weltlichen Gerechtigkeit als schwere angesehen und bestraft werden. An den Fingern zählten sie nach. Er hatte, als Priester verkleidet, zweien Weibern die Beichte abgenommen und ihnen die Absolution erteilt, somit das Verbrechen der Religionsstörung begangen. Er hatte sich mit gewaltsamen Handlungen seiner Arretierung durch den Gendarm widersetzt, also auch das Verbrechen der öffentlichen Gewalttätigkeit auf sich geladen. Er war überdies – und das sollte ihm besonders eingetränkt werden – schon vorbestraft, hatte einige Tage «gesessen» nach der großen Rauferei mit dem Sohne Pietienak.

«Fünf Jahre kriegt er!» meinten die Gescheiten. «Zehn!» hofften die Phantasievollen, und einige alte Weiber erzählten einander von den leider entschwundenen heiligen Zeiten, in denen alles Hexerei treibende Gesindel auf den Scheiterhaufen kam und verbrannt wurde.

Als endlich das Urteil bekannt wurde: «Zwei Jahre schweren Kerkers, verschärft durch einen Fasttag in jedem Monat», gab es allgemeine Enttäuschung.

Nur zwei Jahre für so viel Untaten und Delikte! Das war ja, als ob man dem schlechten Kerl ein Patent auf Nichtsnutzigkeiten ausstellen wollte. Aber die Richter von heutzutage! Den Namen führen sie noch, sind keine mehr, lassen jeden laufen. Das hat man grad jetzt wieder erlebt.

«Was wollt ihr erlebt haben?» fragte Monika, wenn solche Reden in ihrer Gegenwart geführt wurden. «Wenn man einem zwei Jahre schweren Kerker zuerkannt, nennt man das ihn laufen lassen?»

Der unbestraft heimkehrende Edinek würde sie unerbittlich streng gefunden haben. Den Verurteilten nahm sie in Schutz und billigte das Verfahren des Gerichtshofes. Sein Urteil war milde, weil der Angeklagte reuig und bußfertig war. Er verlangte keinen Verteidiger, legte ein offenes Geständnis ab, verhüllte und beschönigte nichts. Er war auch damit einverstanden, daß der Vormund auf Rechtsmittel gegen das Urteil verzichte, fand seine Strafe gerecht und trat sie gutwillig an.

Am Schlusse dieser trockenen Ausführungen, die Monika mehr als einmal einem kleinen Auditorium vortrug, wurde sie immer sehr gegen ihren Willen bewegt, und ihre Lider röteten sich. Da teilte sie den Bericht eines Augenzeugen bei den Verhandlungen mit. Nie, sagte der, werde er den Eindruck vergessen, den der Angeklagte auf ihn hervorbrachte, als er unter den Zeugen den Herrn Pfarrer erblickte. Bis jetzt hatte er eine große Sorglosigkeit an den Tag gelegt, die gravierendsten Aussagen mit etwas spöttischem Gleichmut über sich ergehen lassen und das Aussehen eines kecken, wenn auch durchaus nicht unsympathischen Wildlings gehabt.

Das wurde anders mit einem Schlage, als sein Seelenhirt erschien und sich seiner annahm, ihm auch ein bißchen Gutes nachzusagen wußte. Er nannte seinen bisher leider unverbesserlichen Leichtsinn die Quelle aller seiner Vergehungen und auch seiner letzten, allerdings sehr strafbaren Handlung. Daß ihr eine böswillige und gotteslästerische Absicht nicht zugrunde lag, dafür wollte der priesterliche Zeuge, der ihn von Kind auf kenne, einstehen.

Der Schuldige horchte diesen Worten, als ob Engelszungen sie sprächen, und nicht nur Milde schien ihm aus ihnen entgegenzuklingen, er zuckte auch unter ihnen zusammen, als streuten sie auf sein Haupt die glühenden Kohlen, von denen das Evangelium redet. Der ganze Mensch zitterte und bebte; er blickte wie zu einer überwältigenden himmlischen Vision zu dem Priester empor. Das Auditorium, die Richter, der Staatsanwalt, alle waren ergriffen, als er mit gefalteten Händen, wortlos und schluchzend, vor ihm auf die Knie stürzte.

Ein Jahr und drei Monate später; ein Februarmorgen. In den Bäumen regt sich's leise und geheimnisvoll. Ein kundiges Auge sieht es den scheinbar unveränderten Stämmen an, daß sie ein Erwachendes bergen. Die starren Säfte in ihrem Innern erweichen, bald wird ein Lebensstrom durch das Geäste und Gezweige quellen. Die umschleierte Sonne zweifelt herab auf den grau gewordenen Schnee: Beliebt dir's hinwegzuschmelzen? Ja oder nein? Die Antwort wird nicht lang auf sich warten lassen; schon wird stellenweise die braune Erde sichtbar, das matte Grün der Wintersaat wagt sich ans Licht; die Straße, die vom Dorfe her sachte ansteigt zum Pfarrhaus, ist schon ganz schneefrei, in dem Graben neben ihr rieselt munter ein schmales, schmutziges Bächlein. Durch die winterliche, leicht bewegte Luft kommen einzelne laue Wellen gezogen, wonnig einzuatmen, voll köstlicher Verheißung.

Der Pfarrer und seine Schwester waren eben aus dem Hause getreten, Monika im Mantel und Capuchon, Pater Emanuel im weiten Winterrock, einen weichen, breitkrempigen Hut auf dem Kopfe. Er hatte sehr gealtert in der letzten Zeit, sein Gesicht war noch schmaler, die Haare waren ganz weiß geworden, die Augen schienen größer und leuchtender. Etwas seltsam Fremdartiges und Rührendes schwebte über seiner ehrwürdigen Erscheinung, unsichtbar und unausgesprochen wie ein Hauch und doch deutlich und ebenfalls eine Verheißung. Nur eine andere, eine höhere, als sie sich aussprach in der aufatmenden Natur, kein Beginnen, ein leises, auf sanft schwingenden Flügeln nahendes Vollenden.

Im Augenblick, in dem sich die Geschwister dem Eingang zum Vorgärtchen näherten, drang ein Jauchzen ihnen entgegen.

«Hochwürden! Fräulein!» und Edinek stürzte auf sie zu und bot einen heiteren, einen überraschenden Anblick; fast elegant sah er aus. Ganz prächtig stand ihm sein funkelnagelneuer Winteranzug: kurzer Rock mit kleinem Pelzkragen, braune Sammethose, hohe, schmucke Stiefel. In der linken Hand trug er ein Felleisen, auf dem seine Geige aufgeschnallt war; mit der Rechten schwenkte er die Mütze jubelnd empor:

«Entlassen, Hochwürden, gnädiges Fräulein, ich bin entlassen, bin da!» Er faßte ihre Hände, küßte und küßte sie, sie konnten es ihm nicht wehren.

Der Pfarrer klopfte ihm auf die Schulter: «Schau er! schau er – aus dem Kerker entlassen?»

«Weil ich mich so gut gehalten habe, Hochwürden», verkündigte er triumphierend. «Wissen ja, Hochwürden, haben sich nach mir erkundigen lassen, ich hab's gehört. Und lauter Gutes über mich erfahren.»

«Wohl, wohl, es ist wahr, viel Gutes, beinahe nur Gutes.»

«Sehen Hochwürden! und so habe ich das Glück gehabt, daß sie mich vorgeschlagen haben zum Strafnachlaß, und da hat mir der Kaiser ein ganzes dreiviertel Jahr geschenkt.»

«Wenn diese Nachsicht ihm nur auch so heilsam ist, wie die strenge Zucht es war», sagte Monika, «die hat ihm prächtig angeschlagen. Er sieht so ordentlich aus wie noch nie. Eine Erbschaft muß er im Kerker auch gemacht haben, wo kämen sonst die schönen Kleider her?»

«Gekauft, gnädiges Fräulein, gestern in der Stadt. Geld genug gehabt, mir Geld verdient» das sprach er stolz – «mit meiner Arbeit.»

«Und alles gleich auf einmal ausgegeben? Alles in fünfviertel Jahren verdiente, auf einmal für einen Anzug?»

Nicht alles, Gott behüt! Es war noch genug da, um sich und andern Begnadigten, die nicht so reich waren wie er, einen guten Tag zu machen was für einen! Famos, nur sehr kurz, denn das Geld, das liebe, hat Füße und Flügel bekommen, war gleich weg... Aber laufe du! fliege du! Er braucht keines mehr, ist ja da, ist zu Hause, ist geborgen!

Die Geschwister hatten kein Wort gewechselt, keinen Blick, doch wußte jedes, was in der Seele des anderen vorging.

«Hast die Rechnung ohne den Wirt gemacht, armer Junge», sagte Monika ungewöhnlich weich und traurig und ging in die Küche, um eine Mahlzeit für den Ankömmling zusammenzustellen.

Edinek durfte den geistlichen Herrn in seine Stube begleiten.

O Himmel, wie ihm da zumute war! Er lief von einem Fenster zum andern, sah umher mit freudestrahlenden Blicken. «Da, Hochwürden, da sind gesessen und haben mir vom Wolf erzählt.»

«Mit wenig Nutzen, Edinek.»

«Mit vielem, vielem!... Nur daß er nicht gleich gekommen ist, erst später... Als Hochwürden sich meiner angenommen haben vor Gericht, da hat's in mich eingeschlagen wie der Blitz, und ich hab mir vorgenommen: ich will's den Leuten zeigen, wer recht hat, der Hochwürden oder sie... Und hab's ihnen gezeigt, da steht's. Hab mir Wort für Wort aufgeschrieben, wie's geheißen hat.» Er hatte einen Zettel aus seiner Tasche gezogen und las langsam und nachdrücklich: «Hat sich die Sympathie der Funktionäre der Strafanstalt gewonnen durch Fleiß, Disziplin und Reue.»

Das letzte Wort betonte er besonders stark, und der Pfarrer dachte: O ihr Reuekünstler!

Edinek aber begann freudig und rasch die Zukunftspläne darzulegen, die er sich in der Strafanstalt bis ins kleinste so schön ausgemalt. Dem Wohle des Pfarrhauses würde er sein ganzes Können widmen, die kleine Wirtschaft gut führen, auch dem armen Fräulein, das der Arbeit nicht mehr recht gewachsen sei, die Plage mit dem Obst, dem Gemüse, den Blumen abnehmen...

«Es wird dem gnädigen Fräulein doch recht sein?» unterbrach er sich, ganz erstaunt, daß Emanuel ihm kein Zeichen der Zustimmung gab.

«Ihr und mir wäre es recht, wenn es sein könnte», erwiderte der Priester, «doch kann es eben nicht sein.»

«Wieso? – Warum? Warum soll es nicht sein können, Hochwürden?»

Die Tür öffnete sich, Kathi trat ein und setzte eine Platte mit Speisen und Wein auf den Tisch.

«Die Kathi!» begrüßte Edinek sie voll Erstaunen. «Wie kommt denn die Kathi her? Wo hat sie den Ehemann gelassen? – Na also: Grüß Gott, grüß Gott tausendmal!»

Er war mit ausgestreckten Händen auf sie zu geeilt – sie schlug die ihren auf dem Rücken zusammen. Haß und Scheu verzerrten ihr Gesicht:

«Untersteh dich, Zuchthäusler!» zischte sie ihn an und schoß mit fluchtartiger Geschwindigkeit davon.

«Was fehlt ihr? Was hab ich ihr getan?» fragte Edinek betroffen. «Und was hat sie hier zu suchen? Wird ihr schlecht gegangen sein in der Ehe, kann mir's denken.»

«Es ist ihr nicht gut gegangen.»

«Ganz natürlich.»

«Sie hat wieder einen Dienst suchen müssen, und meine Schwester hat sie gern aufgenommen.»

«Und – die Anna?...» Edinek wandte die Augen dem Fenster zu und strich mit den Fingern über den schwarzen Flaum, der ihm im Gefängnis auf der Oberlippe gewachsen war.

«Die Anna ist verheiratet, ist fort mit ihrem Mann nach seinem Dorf, wo sie dem Vater die Wirtschaft führen.»

«Und der, der Anna, geht's gut?»

«Sehr gut, ja, ja.»

«Sehr gut, und ihm erst! – Kann mir's denken. Der Dumme hat's Glück, da kann man nichts machen», seufzte Edinek. «Sie ist halt dort, und ich bin hier in meinem Dorf, meinem Zuhaus, und ich wieder, ich führe dem Herrn Pfarrer die Wirtschaft. Werden zufrieden sein. Also Hochwürden, also», drängte und ermunterte er: «Behalten mich!»

«Unmöglich, leider; du kannst hier nicht bleiben.»

Edinek staunte den geistlichen Herrn unaussprechlich bestürzt an: «Nicht bleiben?... Warum denn nicht?»

«Du hast zu großes Ärgernis erregt; sie würden dich hier nicht dulden.»

«Wer?»

«Wie du nur fragen kannst! – die Leute doch.»

«Was haben die zu sagen, wenn mir der Kaiser verziehen hat? Was können die Leute mir tun? Können sie mich wieder einsperren lassen?»

«Das nicht, aber dich ausstoßen, ausschließen, dir das Leben verbittern, dich in jeder Weise mißhandeln können sie.»

«Sie sollen nur – was liegt mir dran? Ich prügle mich schon durch.»

«Das wäre das Rechte! Der Wirtschafter des Pfarrers prügelt sich durch die Gemeinde.»

«Wenn sie mich zwingen... Warum wollen sie mich zwingen? Sie sollen gut mit mir sein. Befehlen ihnen Hochwürden, daß sie gut mit mir sind.»

«Befehlen läßt sich das nicht. Hast du gesehen, wie sich die Kathi vor meinen Augen gegen dich benommen hat?»

«O, die Kathi!» Er lachte hell auf mit seinem alten, tollen Übermut, «in zwei Tagen wickel ich die um den Finger.»

Du kommst als der wieder, als der du gegangen bist, dachte Emanuel und sprach:

«Niemand wickelst du um den Finger, sie sind alle deine Feinde.»

«Da ist es ja dem Wolf besser gegangen als mir! In seiner Stadt waren bessere Leute!» rief Edinek voll schmerzlichen Trotzes aus.

«Auch die unseren werden verzeihen, aber Zeit mußt du ihnen lassen. Geh, mein Kind, und komm nicht zurück, bevor die Haare, die jetzt noch braun sind, weiß geworden sind.»

«Nein, nein, nein! Da wären ja Hochwürden schon tot, sind ja schon so alt!»

Jetzt erst fiel ihm ein, *wie* alt der Hochwürden aussah. – So alt, und heiliger denn je. Und hilflos stand dieser Heilige in der Welt, vermochte nichts über die bösen Leute, vermochte nicht einmal sein Eigentum vor ihnen zu hüten. Er brauchte die Stütze einer jungen, hingebungsvollen Kraft, brauchte ihn und durfte ihn nicht von sich weisen.

Mit wilder Entschlossenheit wiederholte er sein dreimaliges «Nein!» und schrie beinah: «Dürfen mich nicht wegschicken, müssen mich behalten.»

Aber er begegnete einem ruhigen, sanften, unerschütterlichen Widerstand: «Es ist gesagt. Du kannst hier nicht bleiben, überhaupt nicht, am wenigsten bei mir, du hast die Heimat für lange Zeit verwirkt. – Du gehst und suchst dir einen Platz an einem fremden Orte, wo sie dich nicht kennen, nichts von dir wissen. Von dort aus schreibst du mir, und ein Dienstbuch wird dir nachgeschickt. Und jetzt: Setz dich, iß und trink!»

Edinek würgte mühsam an den guten Bissen, die Monika ihm hatte vorsetzen lassen, legte das Eßzeug fort und stand wieder auf: «Ich kann nicht, Hochwürden, ich bring's nicht hinunter... Erst wieder herkommen, wenn Hochwürden tot sind und die hübschen braunen Mädeln alte Weiber... und dort sitzen in der Fremde...»

«Deine Militärzeit mußt du auch noch abdienen.»

«Militärzeit? Ja, das wäre noch das Beste. Da geh ich zur Kavallerie, möcht bald Wachtmeister werden und käm dann her in der Uniform. Da möchten Hochwürden schauen... Ja so» – unterbrach er sich, und der freudige Schein, der sein Gesicht überflogen hatte, erlosch -, «ja so, ich darf ja nicht kommen.»

Der Pfarrer entnahm der unversperrten Tischlade ein Beutelchen, prüfte seinen Inhalt und legte es dem Edinek in die Hand: «Es ist nicht viel, aber es reicht für die erste Zeit, wenn du nicht schon im nächsten Wirtshaus alles vertust.»

Edinek wollte danken; aber wie früher die Bissen, so quollen ihm jetzt die Worte im Munde. Er verneigte sich stumm und schritt zur Tür, blieb dort stehen und wandte sich um.

«Geh mit Gott, mein Sohn», sprach Emanuel.

Der Bursche konnte sich nicht entschließen. Von einem trockenen Schluchzen erschüttert, arbeitete seine Brust heftig. Er streckte dem Geistlichen die Arme, die verschränkten Hände entgegen, und, wie ein Kind, das um etwas Unmögliches bittet und bettelt, ahnt, daß es nicht erhört werden wird, und dennoch bittet und bettelt, stieß er heraus:

«Hochwürden! Hochwürden! sagen mir nicht Kind, nicht Sohn, sagen mir Bruder Wolf und behalten mich!»

Emanuel vermied es, ihn anzusehen, ging zur Tür, öffnete sie und sagte: «Komm!»

Draußen auf der Schwelle wiederholte er sein «Geh mit Gott» und segnete ihn.

Nun erschien auch Monika. Sie gab dem ehemaligen Schützling die Hand ohne Ermahnung, und als sie ihm Lebewohl sagte, kam in ihr imposantes Sibyllenangesicht ein milder, mütterlicher Zug.

Die Geschwister geleiteten ihn bis zur Gittertür, blieben dort stehen und sahen ihm nach. Monika warf verstohlen einen Blick auf ihren Bruder, senkte aber alsbald die Augen; sie hätte nicht bemerken sollen, daß in den seinen Tränen glänzten.

Eigene Buchreihe oder eigenen Verlag gründen

Seit 2009 bietet tredition sein Verlagskonzept auch als sogenanntes "White-Label" an. Das bedeutet, dass andere Unternehmen, Institutionen und Personen risikofrei und unkompliziert selbst zum Herausgeber von Büchern und Buchreihen unter eigener Marke werden können. tredition übernimmt dabei das komplette Herstellungs- und Distributionsrisiko.

Zahlreiche Zeitschriften-, Zeitungs- und Buchverlage, Universitäten, Forschungseinrichtungen u.v.m. nutzen diese Dienstleistung von tredition, um unter eigener Marke ohne Risiko Bücher zu verlegen.

Alle Informationen im Internet: **www.tredition.de/fuer-verlage**

tredition wurde mit mehreren Innovationspreisen ausgezeichnet, u. a. mit dem Webfuture Award und dem Innovationspreis der Buch Digitale.

tredition ist Mitglied im Börsenverein des Deutschen Buchhandels.

Dieses Werk elektronisch lesen

Dieses Werk ist Teil der Gutenberg-DE Edition DVD. Diese enthält das komplette Archiv des Projekt Gutenberg-DE. Die DVD ist im Internet erhältlich auf **http://gutenbergshop.abc.de**

FSC
www.fsc.org
MIX
Papier | Fördert
gute Waldnutzung
FSC® C083411

Zeitfracht Medien GmbH
Ferdinand-Jühlke-Straße 7
99095 Erfurt, Deutschland
produktsicherheit@kolibri360.de